7

Kadokawa Fantastic Novels

歡迎來到實力至上主義的教室

衣笠彰梧 × トモセシュンサク

金田悟
高學力的Ｃ班學
生。主動接下班
級的參謀角色。
椎名日和
喜歡小說的Ｃ班
學生。氣質輕柔
的少女，不太會
顯露情感。

山田阿爾伯特
在C班負責執行
暴行。醉心於龍
園並跟隨著他。

「謝謝妳今天願意陪我，坂柳同學。」

「不會不會，
我也很開心。」
背後傳來這樣的對答。我回過
頭，就發現一之瀨和坂柳這對稀
奇的雙人組。

「妳要**回想**嗎？
回想妳在**以前**的**學校**一路**受到**的**洗禮**。」
「不、不要……！」
她摀住耳朵。
就像少女在害怕幽靈一樣，
只是顫抖著身體。

「我不會這樣就罷休，
一定會徹底把妳給搞壞。」

7
Welcome to
the Classroom of
the supreme principle
of force
歡迎來到實力至上主義的教室

7
衣笠彰梧
KINUGASA SYOUGO
トモセシュンサク
TOMOSESHUNSAKU
歡迎來到
實力至上主義的教室
Welcome to the Classroom of the supreme principle of force
Kadokawa Fantastic Novels

歡迎來到實力至上主義的教室 7

Welcome to the Classroom of the supreme principle of ability

contents

彩頁、內文插畫／トモセシュンサク

龍園翔的獨白

升上小學不久，我就發現自己是個異類。

我們在遠足的休息處發現一條大蛇。

記得班上一片騷動。

遠遠圍觀且高興不已的傢伙、害怕的傢伙，或是不感興趣的傢伙。

雖有各式各樣的反應，卻有個始終都相同的地方。

那就是任何人都沒打算驅逐那條蛇。

連大人都欠缺冷靜，只會互相聯絡說要向誰求救。

我將手邊的大石，往那條蛇的頭上砸下去。

沒有自己或許會被咬的恐懼。

慘叫聲四起、教師驚慌失措。

那種事都無所謂。

我並不是想驅逐大家都害怕的蛇然後當上英雄。
我只是很疑惑，覺得為什麼需要這麼害怕。
這是我初次接觸自己心中的未知存在。
接著，我也同時知道了一件事——
知道人在對手屈服的瞬間，會分泌出充滿腦內的大量腎上腺素。
對我來說，這就是初次的明確勝利。

「恐懼」和「愉悅」是一體兩面。

居然只有一線之隔。

這個世界受「暴力」支配。
這個世界的「實力」取決於「暴力」的強度。

我看見耗盡了力氣，變成稀巴爛的零散肉片的屍體後，感受到了愉悅。

但異樣的存在，會被多數人投以敵意。

自那時以來，我在內外都樹立了許多敵人。

我偶爾也會被眾人圍住，一個勁兒地不斷被施暴。

在無可反抗的力量前癱倒，也不是一兩次的事情了。

就算這樣，我也不覺得害怕。

我只會一心思考如何復仇，並扭轉局勢。

而最後——他們統統都在我面前俯首稱臣了。

真正的有實力，是指擁有無以倫比暴力的人。

以及克服「恐懼」之人。

但這裡卻出現了一個問題。

隨著我成為實力者而萌生出來。

我日漸難以獲得愉悅，同時感覺到了無趣。

到頭來，根本就無人敵得過我的無趣。

顛覆我這種理解的存在——

要是真有的話，大概就只有「死亡」了吧。

高度育成高級中學學生基本資料　　時間7/1

姓名	網倉麻子 Amikura Mako
班級	一年B班
學號	S01T004741
社團	無
生日	10月2日

評價

學力	C
智力	C+
判斷力	D
體育能力	C
團隊合作能力	B+

面試官的評語

真摯、一心一意的態度值得肯定。我們期許她增長團隊合作能力的優點，並作為班級的一分子努力用功求學。

導師紀錄

她總是很開朗。平常會看見她和一之瀨同學等人一起玩耍。另外，她就算在痛苦時也會扶持朋友，有時也會受到朋友的扶持。我很清楚她日益有所成長。

嚴冬的腳步聲

十二月也已經過半了。

季節的更迭真是快，天氣已經完全轉涼。戴圍巾、手套、穿長襪的學生理所當然似的增加。今天的天空也是感覺隨時都會下起雪的陰天。

回想起來，我從出生以來就沒見過雪。

我當然有在電視或書本世界中看過，卻沒有實際用手觸摸、以肌膚感受。今年這個地區還不確定會不會降雪，但我有種想體驗看看的想法。

放學後的櫸樹購物中心一隅。聚集在學生專用休息空間的D班成員，有我和佐倉愛里、長谷部波瑠加、幸村啟誠這四個人。啟誠的真名是輝彥，但也因為他本人的希望，我們之間都稱呼他為啟誠。最近，這些成員已經完全熟了起來。我們一星期會不定期集合兩三次漫無目的地聊天。時間長短視當天狀況會各有不同，我們有時會聊兩小時左右，有時也會三十分鐘左右就解散。如果中途想回去也可以先行離開。總之，我們這些人都不會逞強。不過，這樣的成員們只在星期五的放學後常常待得比平時久。

理由是不在場的第五名最後成員——三宅明人的種種緣由。

「結果任何班級都沒有出現退學者耶。我還以為C班那些人大概差不多快搞砸了呢。我們出的題目很不簡單。」

也因為眼前偶然有C班的女學生們走過去，啟誠於是這麼說道。

「畢竟C班好像比我們更不會讀書呢。」

波瑠加邊滑著手機立刻答道，接著就收到了通知。

「小三說他快要到了。剛才好像已經出了房間。」

看來她在和我們等的人聊天。團體裡唯一附屬社團的明人，再怎樣都沒辦法在放學後立刻集合。

「但我們考試上可以勝利不就很好了嗎……？而且，就算別班出現退學的人，我也會覺得不太開心呢。」

不喜歡粗魯事的愛里說出了坦率的想法。

「嗯——可以和睦相處是再好不過的，但那在學校的機制上應該還是很困難吧？畢竟以上段班為目標就表示要踢下其他班級呢。」

雖然感覺很嚴苛，但波瑠加的發言是對的。聽見這番話的啟誠率直地表示佩服。

「說得沒錯。我了解愛里想要說的，但不踢下別班的話我們就只會被別人踢下。要在這所學校勝利，就是要犧牲其餘三個班級。我們沒必要成為犧牲者。」

「說得……也是……」

對啟誠語氣變得有點粗暴的發言，愛里顯得很無精打采。

「例如說呀，就沒有密技般的辦法嗎？像是在最終的考試上班級點數全部相同，這樣所有人就都會皆大歡喜地在A班畢業。像是變成這種狀況。」

「我覺得那樣非常好！」

「很遺憾，我想那是沒辦法的喔。」

面對波瑠加的新穎點子，明人邊這麼回答邊前來會合。

「你為什麼可以斷言呀？」

「我有聽學長們說過。如果在最後的考試上同分，聽說會額外增加決定順序的特別考試。」

「會是怎樣的考試？」

「誰知道。那只是謠言，過去好像沒有班級同分過。」

因為是聽見隻字片語的程度，所以明人也不清楚詳情嗎？

不過，這毫無疑問是一則有利的消息。

「也就是說事情不會那麼稱心如意，對吧。我明明就覺得這是個很有趣的點子。」

「意思就是說，最後能成為A班的只有一個班級吧。」

「所以小三，你今天的練習怎麼樣？」

波瑠加對明人這麼提問。

「怎麼樣是指？」

「嗯——像是弓的狀況之類的。」

「很平常，不好也不壞。妳明明就不感興趣，別來問啦。」

「有什麼關係。這應該算是朋友之間不經意的對話吧？」

「既然這樣，妳應該至少擁有弓道的知識吧？」

明人懷疑地坐下椅子。

「什麼知識，那不就是拿弓瞄準靶子的競賽嗎？」

「呃，大致上是那樣沒錯啦……不過還是算了吧。」

明人原本好像打算詳細說明，但還是打消了念頭。

「該怎麼說咧？因為我從出生到現在都沒對弓道有過興趣。但我很好奇，你是不是弄錯了什麼事情才會往那個方向發展。」

看來在波瑠加心裡，往弓道的這條路是錯誤方向。雖然我想這不算是華麗的競賽，但我個人也很感興趣。不過，應該有很多學生一次也沒碰過弓吧。

「確實如此，為什麼會是弓道啊？它應該也不特別是這所學校的著名社團吧。」

聽著兩人對話的啟誠也拋出了疑問。

「國中時照顧過我的學長是弓道社。我只是因為這樣，才想說也來玩一玩。就只是那點原因，沒有很深層的理由。」

「所謂開始做某件事的契機，就是那麼回事呢。」

愛里也有點委婉地加入話題。這是最近可以看見的光景，是個令人欣慰的徵兆。應該就是因為沒人會對愛里加入話題感到驚訝，也不會去戲弄她，所以她才能夠自然地加入話題吧。

「愛里的興趣好像是數位相機？現在流行著各種東西呢。我應該比較可以理解那種嗜好。」

「女生特有的嗜好Instagram嗎？真令人不解。」

啟誠好像認為這件事情有點不自然，於是說出帶有一點否定意味的話。

「啊，那可是性別歧視喔。現在好像也有很多男生在使用呢。」

「……是嗎？我是覺得自己發布出個人的資訊有點不太好。」

「我也有點不懂耶。清隆呢？你有在使用嗎？」

「不，我也是完全沒有那方面的知識。」

這所學校禁止與外界聯絡，所以SNS等通訊性很強的東西會限制只有在校生之間互連。如果學生這樣就心滿意足的話，學校便不會特別干涉。

「小清看起來就不會做那種事。要是他這副樣子還使用Instagram，反而會讓人覺得反感。像

是拿著冰淇淋眼神往上看，或在晚上的游泳池當派對咖……這有可能嗎？」

「不可能。」

我馬上否認。因為以後被突顯了奇怪的人物特色，我也會很傷腦筋。

「那妳有在用Instagram嗎？」

「我完全沒在使用。那個很麻煩，我也沒打算對別人展現自己。」

「我完全贊同。」

啟誠對波瑠加的拒絕發言點了點頭。聽見這番話，愛里好像默默受到了一記猛烈的批判性攻擊。雖然她現在好像停止經營，但她把自拍或將事情上傳到ＳＮＳ當作興趣。

「世上就是有在流行那種東西，這也不是什麼怪事吧。」

我簡單地圓場。因為愛里就算無意義地沮喪也沒用。雖然，她本人大概打算隱瞞吧，但就旁人眼光看來，她很明顯非常在意我的發言。

愛里面對這樣的圓場也會逐一將情緒寫在表情上，所以波瑠加他們好像也馬上就發現了。

「我也知道自己對流行疏於了解，所以沒辦法反駁。真是抱歉呀，喜歡Instagram的人們。」

波瑠加迅速舉手謝罪。

「就算是自己不喜歡的東西，不分青紅皂白就否定像是流行或別人喜歡的東西，可能確實是傻子才會做的事情呢。我真是思慮不周。」

啟誠也接著道了歉——主要是對愛里。

愛里鬆了口氣似的撫胸。

「抱歉，我好像會轉移話題，但有些事情我很在意。」

明人在話題稍微告一個段落時這麼開口說道。

他的語氣略帶焦躁，並瞪著周圍這麼說：

「最近C班的樣子是不是很奇怪啊？」

「C班的樣子？雖然他們一直都很奇怪，什麼呀，怎麼回事？」

波瑠加的眼睛張得又大又圓，覺得不可思議地歪了歪頭。

我了解明人的視線正在盯著什麼。

就是這幾天四處跟著我們的那些人。明人好像也發現了他們。

現在也有一個男生正在屏氣凝神，遠遠地窺伺著我們的狀況。

那是C班學生，也是其中一名拍龍園馬屁的小弟——「小宮」。

他幾乎可以肯定是我們這團的監視人員。

但這也算是有段距離，就算去逼問也沒有對方正在監視的證據。如果對方堅稱只是偶遇幾次，就沒辦法追究下去了。

倒不如說，其中還蘊含著衝過去或許會被當作壞人的危險性。

明人刻意沒說出口，應該就是因為還沒有確鑿的證據。

問題倒是監視這團的人物「除了C班之外」另有其人。明人也還沒發現他們的存在。

「上次讀書會時，C班的傢伙們來找過我們的碴吧？」

那是我們為了應對Paper Shuffle筆試而開讀書會時的事情。C班學生出現在屬於公共場合的咖啡廳，並且突然找我們這一團麻煩。

直到今天，那個麻煩依然以尾隨的形式持續進行中。

「你是指龍園同學或椎名同學吧？難不成他們又來了？」

「嗯，雖然成員和以前有點不一樣。今天石崎、小宮他們來弓道社露了臉。因為是觀摩，所以學長姊們就欣然接受了。但他們整天都往我這裡盯著看，弄得我很難練習。」

原來如此。意思就是說，小宮追明人追到了這種程度啊。

石崎不在，應該是因為人多不適合尾隨吧。

明人好像比別人更因為龍園的監視而蒙受困擾。

「他們不是因為對社團活動感興趣之類的嗎？」

無從知曉龍園想法的愛里這麼說。

「如果是這樣就好了呢。但氣氛實在不是那樣。」

明人宛若在表現肩膀痠痛似的把手臂轉了一圈。

他連日反覆遭到龍園施壓，而且施壓的氣勢還加強了。

雖然並沒有直接被搭話，但總覺得隱約聽得見龍園無畏的笑聲。

我一定會慢慢把你逼入絕境——出現了龍園這般強烈的意志。

「你沒被做些什麼嗎？像是被奚落、在放箭瞬間打噴嚏妨礙，或是被丟小石頭之類的。」

「在顧問或高年級學生面前，再怎麼樣也做不了任何事吧。他們練習結束時就回去了。」

那天之後，我個人身上沒發生特別奇怪的事情，但顯然有受到猜測。應該也要視輕井澤已經被標上了某種記號。

那傢伙心裡應該已經把範圍縮小到包含我在內的幾個人。

我想如果再掌握一件決定性的某件事就會抵達我這裡。

而掌握著那決定性的某事的人物，就是「輕井澤惠」。

他沒有草率地付諸行動，應該就是正在審慎考慮的證據吧。

就算要向輕井澤問出我的存在，從正面根本就不可能會成功。

那麼，龍園會如何填下最後一塊拼圖呢？

從那傢伙至今的行為模式來看，並不難想像。

問題是在於「何時」。

在我想著這些事的期間，明人他們也在進行著對話。

啟誠對C班來找麻煩的理由這麼下結論：

「這應該跟D班的成長有關吧？剛入學班級點數就變成零點的我們，回過神來就來到捕捉得到他們背影的地方。也因為這次Paper Shuffle的結果，我們第三學期開始總算有可能升上C班。他們應該相當著急才對。」

啟誠冷靜地推測C班的行動理由。

「說得也是。因為他們居然會被自己曾經那麼看不起的我們差點贏過——」

「但……其實我們沒有贏吧？」

愛里回想班級點數發表時的事邊這麼問。啟誠答道：

「嗯。十二月初發表的班級點數，D班是兩百六十二點，C班是五百四十二點。差距還有兩百八十點。」

Paper Shuffle考試上，我們D班在與C班的正面對決上贏過了他們，漂亮地奪走了班級點數。C班的一百點轉移到了D班，我們總共拉近了兩百點的差距。目前的差距只有八十點。

但現階段C班還是位居領先。

然而，如今C班卻發生了和考試不太一樣的意外。

「C班好像有了重大的違規行為。雖然學校沒有公布詳情，但是他們被罰了扣一百點的重罰。」

我記得就在幾天前有收到校方的大略說明。

「他們是做了什麼才會鬧得這麼大呀？說像C班，確實也很像C班。」

波瑠加覺得非常傻眼，但很遺憾，D班也沒辦法嘲笑別班。

雖然說那是場考試，但我們剛入學就一個月失去了一千點。

「不論理由如何，他們自取滅亡造成的影響都很大。如果接下來平安無事地結束，中間夾著寒假，從第三學期起，我們升格為C班的可能性應該就會很高了吧。」

啟誠完全不覺得驕傲，並總結了話題。

「那就是C班開始纏上小三的原因嗎？」

「我沒有好理由可以否定呢。」

就統整C班的龍園立場來說，一般來想降等可不是件好玩的事。

他們為了設法維持現在的地位，正在尋找D班的弱點。

那樣想就說得通了。在場除了我之外，所有人的想法都一致。

「對這間學校來講，班級的變動是無可避免的問題，但我覺得也不會那麼頻繁地發生。這麼一來，最初重摔一跤的D班有所成長，就會成為C班焦急的理由了。想到他們是在尋找我們成長的理由就可以理解了。」

「該說他平時一副自以為是嗎？畢竟龍園同學也是領袖，他應該也是顏面盡失了吧。」

「原來如此。我也不是不能理解那傢伙拚死的幹勁。」

明人好像是想到龍園因為自尊碎裂而不甘心的模樣，覺得暢快了點，他也表示了同意。

「可是呀，我們也沒做什麼奇怪的事吧？該說是回過神來，差距就拉近了嗎？這是為什麼？果然是因為C班自顧自地挫敗？」

班上許多學生確實都不清楚檯面下的戰鬥，很普通地挑戰了考試。

理解跟不上差距縮短一事，也是情有可原。

「侷限在D班去思考的話，我們在無人島的考試上贏過了別班，在干支考試上被龍園打敗，但在上次的Paper Shuffle上扳回一城。對此，也是因為C班有看輕班級點數的特性，對吧？」

「他們在無人島上，似乎也是很早就把分發的點數花光光呢。」

「換句話說……是C班自取滅亡？」

「那種看法也是可行。畢竟這次的違規行為，也是在自取滅亡。」

在剛放暑假實施的無人島特別考試上，各班都會被平等發給考試專用的三百點，我們在一個星期的期間，使用那些發下來的點數通關。剩下的所有點數，將在考試結束時算進班級點數。包含D班在內，在別班也為了盡可能留下點數而絞盡腦汁的情況下，就如波瑠加所說的那樣，C班很早就把三百點全部都花掉了。

「所以結果上來說，我們D班才可以大幅縮短差距吧。」

儘管我們D班歷經百般波折，但還是成功留下了兩百五十五點。

「是那樣沒錯啦，但我也會想那樣合不合算呢。畢竟C班因為揮霍之後，好像相對享受到了假期。我好像有點羨慕他們沒體驗到那種辛勞就了事。」

「真是愚蠢。龍園是一個誤以為亂來……不，是個誤以為做出別人不會做的行動，就會顯得很帥氣的小鬼頭。如果班上因為這樣而輸掉就沒意義了。」

為了升上A班就要不斷地增加班級點數——就懷有這般強烈意志的啟誠看來，放棄班級點數的行為看起來就只是他完全無法理解的奇特行為。

但龍園在無人島的考試上應該並非只是在無意義地浪費學校給的點數。事實上，雖然龍園花光了所有點數，但他卻把可以做各種用途的廁所或帳棚、剩下的食糧之類的拱手讓A班接手。我無法想像那個龍園會無償提供。換句話說，他們失去班級點數應該必定會有收穫。

當然，他也不可能是收下了信任或友情這種無形之物。就算失去班級點數也拿得到的東西，除了個人點數應該也沒有其他東西了吧。

這件事實很少學生知道，這也是啟誠無從得知的部分。

「男生真好耶，感覺各方面都很輕鬆。妳不覺得嗎，愛里？」

「嗯……嗯，對呀。當時也有好幾個女生非常傷腦筋。如果時間再晚一點，我可能也會很辛苦……」

愛里這麼說完就紅著臉低下了頭。無人島考試算是有在一定程度上關照女生，但她們遠比男生辛苦應該仍舊是事實。

「為什麼再晚一點會很辛苦呢？」

啟誠完全不懂女生的那些狀況，一副覺得不可思議似的窺伺著愛里的表情。

「那、那是！」

愛里實在說不出那攸關著女孩子的月事，於是就撇開了視線逃避話題。

波瑠加見狀，就對啟誠做出辛辣的評語。

「該怎麼說咧，小幸～該說你那種天然呆還是無知之處意外地也是個很可愛的要點，但我覺得關於這件事，你應該要看氣氛喲。」

「……什麼意思？」

不論他是不善體察氣氛，還是真的不懂，明人溫柔地拍了拍啟誠的肩膀。

「意思就是，人都會有種種苦衷。」

「我完全無法理解。所謂的種種是指什麼啊？」

無法察言觀色的啟誠想進一步觸及女孩子的那些狀況，所以明人就轉移了話題。

「就是因為堀北識破了龍園的捨身作戰，所以D班才會獲勝吧？假如任何人都沒發現的話，D班被猜中領導者的可能性應該也會很高吧？」

明人前來向我確認，我坦率地點頭答道：

「如果變成那樣的話，應該就不會有現在這種狀況了吧。」

「他們只有大玩特玩，還想在最後把好處歸為己有，對吧？居然還假裝所有人都退出了。但是這樣留在島上的有必要是龍園同學嗎？他是C班的領袖，留下更不起眼的人才比較妥當吧？」

波瑠加的這番推理並不是完全沒有切入要點。

可是這也適用於所有班級。雖然我們最初會想到的就是顯眼的人物會是領導者，但既然任何人都可以指名領導者，開始懷疑也是理所當然。

說起來，如果沒把握他留在島上的話，就不會存在可以指名龍園就是領導者的學生。就算釐清他留了下來，他被指名的危險性應該依舊不會提昇。我們也沒辦法徹底排除潛伏著其他不起眼C班學生的可能性。比起指名的好處，那個考試猜錯的壞處更為嚴重。結果，只要沒掌握決定性的證據，任何人都不可能很有把握地指名。

「欸，清隆。你可以把從堀北那裡聽來的資訊告訴我們嗎？」

啟誠帶著認真表情這麼說。

「這是什麼意思？」

「我想知道龍園在想什麼，以及他今後打算怎麼做。考慮到體育祭或Paper Shuffle，我就覺得以後班級會更加需要合作。」

「我被石崎他們纏著也覺得不舒服。我贊成。」

他們好像開始意識到，更勝以往的合作會很重要。

截至目前都對班級裡的問題不太留意的明人和波瑠加好像也意見相同。

「我也只知道毛皮……」

在我提議要不要叫堀北過來之前，啟誠就這麼說：

「先這樣就夠了。告訴我們吧。」

四人同時往我看過來，我感受到一股莫名的壓力。

「我知道了。就算有弄錯的地方，我也無法負責喔。」

我這麼告知他們，就重新和這一團說明跟堀北共享的那些在無人島上發生的事情。雖然一切當然都是我自己在行動，但我表面上都當作是堀北自己想出來並執行的。

我說了潛伏在島上的龍園使用無線電聯繫間諜；感覺除了伊吹之外還有其他間諜潛入別班；船上考試後龍園就開始對堀北特別執著；以及龍園在船上找到考試攻略方式並且取勝等事。

我當然隱瞞了龍園在體育祭上策劃擊潰堀北，以及櫛田的背叛。

「大致上就是這樣了吧。雖然這和啟誠你們知道的應該沒差多少。」

無法得到新奇消息的啟誠沉思似的雙手抱胸。

「雖然波瑠加剛才也說過了，但我疑惑的是龍園為什麼要特地留在島上。」

「據堀北所言，那是龍園不相信任何人的緣故，這好像才最有可能。要從別班蒐集資訊並且推理，對其他學生來說負擔應該會很沉重。」

需要統籌間諜的指揮與推理能力，以及依靠最低限度的裝備留在島上數天的忍耐力與體力。還有我沒有在這裡說出的，那個人物必須有能力跟他們聯繫的A班合作。

那樣一來，就算說這作戰除了龍園之外沒人辦得到也不為過吧。

如果指名領導者是在全體學生集合後進行，龍園也就不會展開這個作戰了吧。不過，無人島發下的手冊上明確記載將在最後一天點名後進行。換句話說，會在各班集合前舉行。龍園應該就是看準這點才制定了作戰。

「真不愧是堀北……我沒辦法察覺到那種程度。我差不多等於一開始就放棄猜測別班的領導者，也不打算調查狀況。」

啟誠他們淡然地反省著。

「那也是情有可原的吧？我們除了糧食、衛生方面的問題，一下子手冊被燒，一下子內褲被偷，D班也很手忙腳亂呢。實在沒有餘力偵查外面的班級。」

明人想起了無人島上的事件。啟誠也一副覺得討厭地挖出了記憶。

「回想起來，那還真是辛苦耶。」

「但堀北同學真厲害，居然可以在那場考試上了解到那種程度。」

愛里坦率地表示佩服，並且稱讚了堀北。

「堀北同學識破了龍園同學的作戰，被標記也是可以理解的呢。」

「事實上，她現在好像也是不停地被C班調戲。」

我不在此否定，並照實說了出來。

接著這麼補充道：

「她在干支考試上和龍園同組，好像也起了一些爭執。」

「我算是了解無人島或船上的事情了。可是，為什麼最近龍園他們對D班其他學生好像也死纏爛打地纏了上來呢？還特地來弓道社確認我的情況，這樣很不尋常吧。」

就算了解堀北被盯上，也當然還是會出現這種疑問吧。

「說不定是想找出D班的弱點。因為堀北沒有那種可以給別人抓住的破綻呢。這就像是從周圍開始擊潰的作戰之類的。」

「原來如此，也有那種可能性呀……」

這樣龍園的行動理由也算是傳達給啟誠他們了吧。

「小清的女朋友還真行～」

波瑠加覺得佩服，同時開了玩笑。

「別自作主張地把她當成我的女朋友。」

「就、就是說呀。我想這樣對清隆同學也很沒禮貌喲。」

「啊哈哈，抱歉抱歉。」

請讓我自作主張地補充一點──這樣對堀北也很沒禮貌。要是和我這種人被當成是一對情侶的話。

就算這是誤解，但須藤要是聽見了這話題感覺就會發火。

「就算不是女朋友，你就沒有喜歡她嗎？或是另有女朋友之類的。」

「我沒有喜歡她，也沒有女朋友。」

「這樣呀。那麼今年我們全都註定要孤單了耶。」

「孤單？」

「你看看附近呀，聖誕節就快到了吧。」

波瑠加坐在擺放在櫸樹購物中心餐飲店前的長凳上如此嘟噥道。

的確就像她說的那樣，購物中心裡做了聖誕節裝飾的準備，甚至讓人不覺得是校內設施。不時也會有感覺是情侶的男女學生們經過。

「那也不是什麼特別的日子吧。只是很普通的一天。」

「對小幸來說也許是這樣，但聽說女生之間意外地辛苦喲。」

「畢、畢竟出現了各種謠言呢……」

「沒錯沒錯，像是誰有沒有正在和誰交往、有沒有共度良宵之類的。還有，像是明明是自己喜歡才單身卻會莫名被投以同情的眼光。」

「……我們可是高一生耶。學業才是本分。」

「你是不是去想像了一下？你的臉很紅呢。」

「少囉嗦。」

「話說回來，這杯芒果汁也太甜了吧。給你。」

明人擺出作嘔的動作，並把果汁傳來我這邊。

「那明明就很好喝。」

波瑠加難以置信地表示驚訝。

「順帶一提，我覺得寒假期間即使是D班也會發生各種事呢。」

「妳是指……某人會和某人交往嗎？」

愛里深感興趣地詢問波瑠加。

「大概吧。既然會有男女交往，也就會出現男女破局。聖誕節可是會發生各種事情的。」

波瑠加彷彿至今看過很多那種情侶似的點了點兩三下頭。

「先不論那些交往的，還會有破局的喔？目前D班正在交往的頂多就是平田和輕井澤了吧。」

芒果的甜度好像還卡在明人的喉嚨，他按著喉嚨說道。

順道一提我現在也在喝，味道超甜。

「未必就是那樣喲。像是在小三不知道的地方出現了令人意外的情侶之類的。戀愛也不是只在班上裡才會成立。假如你有喜歡的對象，就必須在她被別人搶走前行動。」

「真遺憾，我的戀人有弓道就夠了。」

「少來。你明明就沒喜歡成那樣，虧你還這麼講。真是帥～」

「……煩耶。」

明人好像有點難為情，他害羞地撇開了視線。

這樣啊，原來世上已經接近聖誕節了。我至今為止對聖誕節一點也不熟悉，這樣這聽起來實在是很不通世俗。

「總之我要玩社團活動，畢竟寒假中也不會休假。如果有女朋友的話情況就不一樣了吧，但現階段我也沒那個安排。」

「你是說，你有意思想交嗎？」

波瑠加像在採訪那樣做出手握麥克風的動作，靠到了明人的嘴邊。

「雖然我不打算像池他們那樣表示出來，但男女應該都差不多吧。」

他好像是想說根本不會有人對戀愛本身不感興趣。

「……不過，如果有理想男性的話，我應該也不會否認這點吧。小幸感覺就是滿否定戀愛本身的那種人。如果出現喜歡小幸的女生，小幸你會怎麼辦？」

「什麼怎麼辦……那種事情要看我和對方的關係吧。」

「啊，你的意思是並不會因為可愛就無條件交往。嗯嗯……還真一板一眼呢。」

「煩死了。」

兩個男人被捉弄他們的波瑠加折騰。

「清隆同學，你、你聖誕節有安排嗎？」

坐隔壁的愛里唐突地這麼問。

「唔哇，愛里，妳是在約小清嗎？真大膽～」

「不、不是！不是那樣的！不是那樣的喲！」

「但除此之外也沒別的了吧？畢竟小清才剛說自己沒有女朋友。」

「不是啦，妳看，那個，我是在想他會做什麼事。因為我很好奇一個人過聖誕節時會做什麼！」

確實。如果是情侶的話應該會約個一兩次會吧。

但一個人會以什麼方式度過便是個會令人感興趣的地方。

「原來如此，確實如此。小三應該會玩社團活動吧，小幸你要做什麼呢？」

「我應該會讀書吧。如果我們第三學期按照所想的升上C班，我們就不只是要追人，立場還會變成被人追趕。既然班上有很多學力低落的學生，就算只有筆試也好，我也想先變得足以帶領大家。」

所謂適得其所。他好像想在自己最能發光發熱的部分替班上做出貢獻。

他好像透過教波瑠加和明人讀書得到了自信。

「我好像不可能那麼努力讀書耶。這就交給你嘍，啟誠。」

「是可以交給我，但就算可以在A班畢業並進入任意的升學與就業處，如果本身的實力不足的話，未來就只會自取滅亡喔。」

啟誠告誡他不可以只是單純想著要升上A班。

「確實是這樣呢～如果不符合自己的能力好像馬上就會毀了。」

「但那樣的話，在A班畢業的意義就會變得很薄弱吧。」

就算可以理解，但就明人看來，他心裡好像也有些不滿。

A班畢業時，所有人都會學習到相應的能力。

——校方應該沒有定下這種計畫吧。

雖然目前什麼也無法斷言。

「所以說愛里好奇的小清呢？你聖誕節還是會一個人過嗎？」

「是啊，也沒什麼特別的事。我應該會乖乖待在房間吧。」

「聖誕節也是普通的假日呢。」

十二月二十二日是休業式。聖誕節應該也會緊接著到來吧。

「呵……呵呵。」

看著這般互動的愛里好像想到了什麼，於是便輕輕笑了出來。她好像想拚命地忍笑，可是沒辦法完全憋住。

「這有什麼好笑的嗎？」

「抱、抱歉呀。沒有，我……那個，是覺得很開心……結果好像就笑了出來。」

「很開心就能笑出來？」

波瑠加他們搞不太清楚因此歪了歪頭。

等意識到時，愛里的眼角看起來甚至浮出了一點淚水。

「因為我目前為止都沒度過這麼開心的時光。我呀，現在非常開心呢。」

愛里把埋藏在心中的坦率想法自然地說出口。

「雖然都是無聊的閒聊呢。」

「這樣就夠了，因為是在和大家聊這種話題。」

「總覺得搞不太懂，但那樣的話不是很好嗎？我也很開心。」

波瑠加這麼做了總結。

接著移到下一個話題。

「大家難得聚在一起，要不要吃個晚餐再回去？」

沒特別出現反對意見，所以就變成我們整團一起移動了。

我在這裡對大家說：

「我要去一下洗手間，你們可以先去嗎？」

「那我們就在這裡等吧。」

「不，這時間也差不多開始擁擠了，或許先去排隊比較有效率。我的座位就麻煩你們了。」

所有人好像都表示同意，並前往了櫸樹購物中心的餐廳。愛里變得就算沒有我也可以在一定程度上活動，所以這個狀況才能夠實現。

小宮判斷我要去廁所，然後就去追了明人他們。

我目送那團人的背影與小宮之後，就邁步走向完全相反的方向。

接著，靠近一名坐在剛才我們在談笑的休息場所的女生。

「可以借個時間嗎？」

我和坐在單人椅上的女生搭話。她是A班的神室。她正在操作手機，好像剛好沒發現我，所以才僵著身體無法動彈。

「我就是指在那裡的妳。」

我再次出聲。

「……我?幹嘛?」

她稍微抬起視線,裝作是第一次發現到我。

我就這樣前進幾步,在神室隔壁的另一張單人椅上坐了下來。

針扎似的氛圍只籠罩在我們兩個人之間。

「妳最近好像到處跟著我,有什麼事嗎?」

「啥?你在說什麼?」

「昨天放學後的回家路上。兩天前的櫸樹購物中心。四天前的櫸樹購物中心。六天前的回家路上。七天前的回家路上。巧合還真是接連不斷啊。」

我把手機畫面面向女生,並且迅速滑動相片。

「那是……你是在什麼時候……」

我偷拍下了她伺機跟蹤的照片。

「妳身為跟蹤人的那方,在我可能會往妳看過去的時候就會無法看著我。難怪妳會沒發現我在那段期間用手機拍照。」

「要是我四處跟著你又怎麼樣?有問題嗎?」

「沒什麼。我並沒有直接受害，也不打算特別阻止。」

「我想也是。畢竟只是巧合。」

「不過，要是妳的老大知道了這個狀況，她會怎麼想呢？」

「老大？那是什麼啊？你電影看太多？」

「那我就通知坂柳吧。說憑妳的跟蹤根本沒得談。」

「……等一下。」

神室叫住把手放在扶把上準備起身的我。

光就那個態度，我就很明白她不認為剛才的情況很理想。

「妳對坂柳還真執著啊。就算要妳每天長時間跟蹤，妳還是好好工作了。妳和她應該滿要好的吧。」

「別開玩笑了。我怎麼可能會想服從那傢伙。」

「妳不必連那種地方都說謊吧。事實上，妳就是使用學生寶貴的時間做了無趣的跟蹤。這是信任且尊敬坂柳才辦得到的事。」

「那是絕對不可能的，我甚至還想立刻和她斷絕關係。」

神室像在強烈傾吐情緒似的表現出焦躁。

「不然，妳為什麼要服從坂柳的指示。」

「這根本就無所謂吧。」

「如果不是出自善意，應該就是妳被抓住了其中一個把柄了吧。」

「……你想說什麼？」

「我會通知坂柳妳的跟蹤有多麼疏失。那麼一來，就會暴露出妳作為她的左右手來行動的能力不足。或許被抓住的把柄之後會給妳帶來影響呢。」

「連你也想威脅我呀。」

「也」嗎？坂柳會差使神室好像是抓住了她的某個把柄。

這只是在套話而已，想不到她會這樣漂亮地上鉤。

「你才是怎麼回事？居然會被坂柳給盯上，這很奇怪吧？」

「誰知道。我也是完全搞不懂。」

神室好像也不懂坂柳的真正想法，但她似乎得到了一個答案。

「你就是龍園在找的D班學生吧？我只能這麼想了。」

「是的話，妳要怎麼辦？」

我刻意不否認。

說起來，既然坂柳知道我的過去，我再怎麼掩飾都沒意義。

「你好像在威脅我，但我只要有那個意思，就可以向龍園提議。」

「我才打算威脅妳，卻被妳威脅回來了啊。那我們就這麼辦吧。」

我對神室做出一個提議。

「妳今後也可以隨意地跟蹤我，我完全不會插嘴，而且也不會告訴坂柳。相對地，我想請妳對坂柳以外的人隱瞞我的事。」

「意思就是交換條件嗎？」

「我不覺得這是個壞提議。」

「……確實呢。反正我對龍園那傢伙也沒興趣。」

神室好像答應了，她點了點頭就站了起來。

「今天我就先回去了。畢竟也累了。」

神室這麼說完，就馬上走向櫸樹購物中心的出口。

「那傢伙好像也被抓住了棘手的把柄啊。」

但這樣，她應該就不會貿然插手了吧。

我就暫且把這當作是沒問題吧。

真面目在意想不到之處洩漏給龍園——我的這種擔心好像也已經沒問題了。

高度育成高級中學學生基本資料　　時間7/1

姓名	山田阿爾伯特 Yamada Albert
班級	一年C班
學號	S01T004708
社團	無
生日	1月16日

評價

學力	C-
智力	C
判斷力	C
體育能力	A
團隊合作能力	B

面試官的評語

雖然看上去是個寡言、乖巧的學生，但過去也曾經和高年級學生起過糾紛。
為此，我們希望校方也加強監視，使他成長為出色的學生。

導師紀錄

英文能力精湛。運用英文的才能以及認真的上課態度值得肯定。不過，他很明顯不擅長國語和數學，因此我會對他不擅長的科目做改善。

「啊——可惡。那些傢伙是怎麼樣啦。」

來上學的須藤說出心裡的焦躁並走過自己的座位，然後靠近到堀北的身邊。他的表情很嚴肅，看得出來蘊含著憤怒。

「妳聽我說，鈴音。」

「怎麼了？」

既然都來到自己眼前了也沒辦法無視，堀北便陪他說話。

「C班的那些人……是說就是龍園那傢伙啦，他居然一大清早就來找碴，來妨礙我在走廊上走路。我真的很不爽耶。」

「你沒有口出惡言，或者動手打人吧？」

須藤立刻反駁輕輕瞪著他的堀北。

「沒有啦，我過來有完全無視他們。」

「是嗎？看來你有按照我的交代順利應付過去了呢。」

他好像暫且沒引起問題，這是再好不過的。

「對了，所謂的交代是指什麼啊？」

我試著問須藤。

「我被鈴音交代過了呢。她交代我在無法好好應對時，反正完全無視就對了。」

那是很恰當的建議。如果貿然讓須藤反駁的話，就會是在火上澆油。

既然如此就算要讓須藤累積壓力，請他忍耐應該也會是最好的吧。

「雖然我強行通過時是有稍微撞到他的肩膀，但別班的人們大概也知道我被找碴，所以應該沒有關係吧？」

「是啊。再怎麼說他們都不會鑽那點小漏洞吧。」

因為對方也曾經捲入學校和學生會引起騷動。

如果是被揍的話就姑且不論，只是強行突破應該沒關係吧。

「所以，你被他說了什麼？」

「他們又說我是猴子又說我是笨蛋的，全是些很幼稚的發言，可是不斷地來找架吵呢。」

啪！他用自己的拳頭槌了掌心，發洩怒氣。

這是昨天到弓道社露臉後的延長戰嗎？

「C班那些人也纏上社團活動中的明人……三宅了呢。」

「他們也纏上三宅同學了嗎？最近他們的動作好像還滿大的呢。」

「目的會是什麼啊？又打算像陷害我的時候那樣掀起事件？」

「誰知道呢。現在什麼也說不準。但我會先想好對策的。你就算又同樣被他們纏上也千萬不要出手。」

「我知道啦。我不會打破和妳之間的約定。我就算被打也會安分。」

與以前和C班起糾紛時相比，須藤現在的話裡有了相應的分量。

正因為可以察覺到這點，堀北好像也老實地聽了進去。

須藤報告完之後，好像光是這樣就覺得心滿意足，接著就回到自己的座位，若無其事地和池他們聊起天來。堀北看完這一切便這麼說：

「須藤同學總算變得和平常人一樣了嗎？」

「是啊，雖然用字遣詞有點粗魯，但應該把那些算在容許範圍內吧。」

「他好像也是時候必須往下一個階段走了呢。」

她說完就不知為何拿出了筆記本振筆疾書。

「什麼啊，下一個階段？」

我想探頭窺伺，堀北就啪的闔上了筆記本。

「這我會再慢慢說。該處理的可不只有須藤同學的問題。」

「我不能只顧著理他。」堀北如此輕聲補充道。

雖然我不知道她在想什麼，可是那對我來說應該也都無所謂吧。

最近堀北變得常會靠自己思考並採取行動了。

這是因為她漸漸變得能和須藤或平田他們溝通的緣故吧。

「話說回來，龍園同學還真是活躍。畢竟Paper Shuffle也才剛結束，我還以為他會安分一點呢。他馬上就來發起某些新手段了嗎？」

「但這不是很奇怪嗎？現在也不是在考什麼特別的考試。」

「回想起來，他的戰鬥方式原本就不會受考試限制。他對須藤同學做出暴行是如此，而且他對一之瀨他們B班好像也一樣，B班好像在考試外被設計了什麼。他好像很喜歡不會變成在互爭點數的場外賽呢。」

那種事就算不仔細問，你也知道吧？——她對我投來帶有這般含意的眼神。我當然是裝作沒發現地隨意帶過。

「但他這次的目的會是什麼啊？」

「你真的沒發現嗎？還是在假裝？」

「這是什麼意思？我什麼都不知道。」

「他打算找出在背地裡推動D班的人物。為此，他才會不顧形象地開始行動。」

「意思就是說，他在找妳喔？」

我說完就被她狠狠地瞪了。

「我這個偽裝已經對龍園同學完全不管用了。」

堀北不理會我說的謊，並認真地繼續說。

「為什麼妳可以這麼斷定？」

「如果他還像其他學生那樣認為一切都是我在推動，那他不來接觸我的話當然就很奇怪了，但這次他什麼也沒對我做。」

堀北好像是想說，至今糾纏不休地執著於她的龍園，已經變得不像之前那樣了。

「這要取決於思考方式吧。難道這不是因為妳在Paper Shuffle時展現的作戰意外有效嗎？也能想像他是猶豫要不要貿然出手吧。或許他是想逐步剷除障礙。」

「是嗎？我不這麼覺得。應該說他對我失去興趣了嗎？」

「也就是說，妳也不是完全無法接受龍園對妳感興趣嗎？」

「我不是那種意思。你想被我踢呀？」

「我不想被踢。」

這傢伙會認真踢過來，於是我就先好好地表示了拒絕。

「難道這不是因為這個班上的背後中心人物愚蠢地被他給盯上了嗎？……你要岔題也是沒關

係，但你打算讓我在這種地方繼續說下去嗎？」

雖然在包含櫛田在內的許多學生都就坐的班會時間前，沒人在聽我們的對話，但那確實不是可以在這裡談的話題。

「話說回來，妳好像變得滿了解龍園的耶。啊，不，我不是像剛才那樣在胡鬧。」

她好像又要瞪我了，所以我急忙補救自己的失言。

「基本上他的做法都一樣。不論成功失敗都會做出類似的戰法。我被設計過好幾次，就算不想也會學乖。所以我才能看穿龍園同學會在Paper Shuffle時利用她——利用櫛田同學。不過，不變成那樣當然會比較理想就是了……」

誰都不希望班上出現叛徒。如果櫛田不背叛D班的話，至今為止的考試也不會苦戰成這樣了吧。

堀北是這麼想的。

但事情是取決思考方式。就是因為可以利用櫛田這個內部的敵人，龍園才會在有些部分完全放心下來。假如沒有其他棋子可以利用，照理講他恐怕會思考其他手段。

結果上來說，不論櫛田的存在是好是壞，她都替我們窄化了敵人的攻擊模式。

「雖然這不是唯一的失算，但我本來想在Paper Shuffle上對龍園將計就計的。」

「實際上就是這樣了吧。」

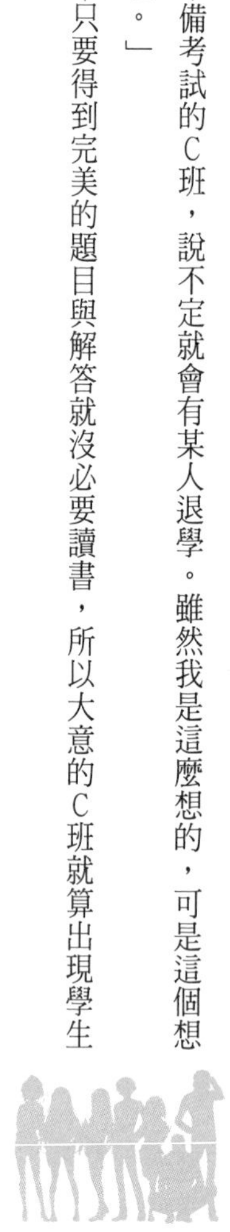

「嗯。所以疏於準備考試的C班，說不定就會有某人退學。雖然我是這麼想的，可是這個想法似乎實在太天真了呢。」

意思應該就是——只要得到完美的題目與解答就沒必要讀書，所以大意的C班就算出現學生退學也不奇怪。

啟誠他們也是這樣想的。大家想到的果然都一樣呢。

「因為C班裡也有聰明的傢伙吧。想成是他們做了與龍園作風不同的輔助應該會比較妥當吧。」

「是呀。如果他們在看不見的地方做了努力，我也應該誇獎他們吧。」

畢竟，龍園好像非常想找出藏在堀北背後的人物。

如果是為了這件事，他甚至不惜被學校盯上。

我感覺得到，這些行動讓人看得出宛若覺悟的東西。

「今後，他纏人的挑釁應該會越演越烈吧。」

「那些事與我無關。因為成為眾矢之的可是妳的職責呢。」

「這點我很清楚。被你強行拖出去很像是命運般的發展呢。」

「沒想到妳居然接受了耶。」

「因為我就只有接受的選項呢。事到如今我也無法回頭了吧？」

變得積極正面是一件好事。堀北具備的潛能本來就很不錯。只要順利掌握像平田那樣和別人溝通的能力，應該就會成為與目前地位相稱的存在了吧。

「所以說——你有想到手段了嗎？」

「妳指什麼？」

「我是問你有沒有針對龍園搜索的作戰。你要是不趁現在先出招，就會變得無可挽回。」

看來堀北也在以她的方式替我擔心會原形敗露。

但那是不需要的。

「我什麼都沒在想。」

「你又像這樣……」

「你什麼都不願意告訴我呢。」她深深嘆了口氣，故意表現出明顯的焦躁。

「那我要稍微改變話題了。你還在參加那邊的集會嗎？」

「那邊……妳是指啟誠他們嗎？這有什麼問題嗎？」

「我不覺得那個團體會有什麼好處。那原本是因為長谷部同學和三宅同學擅長與不擅長的科目很極端，所以才開始的讀書會小組吧？現在沒舉行考試，應該就不需要了吧？」

「我並沒有以有無用處來判斷。和那些傢伙在一起很輕鬆，這樣就夠了。」

和堀北待在一起，再怎麼樣話題都只會變成是以A班為目標。

既然我本來就對那件事沒興趣，就算和堀北有太多接觸也沒用。

假如堀北撇除那種班級鬥爭話題來和我聊天，我才可以像對待啟誠他們那樣對待她。

「……你願意幫助我吧？」

「我有在幫啊，就我能力所及地幫。」

她露出了實在不像是接受了的表情。

1

上午最後一堂課結束後，就進入了午休時間。我在想要不要約明人或啟誠吃個午餐，就發現隔壁鄰居正在盯著我看。

「幹嘛？妳不會是想繼續早上的話題吧？」

「不是。我是有事拜託你。」

「如果是麻煩事，我就免了。」

「我不否定是麻煩事呢，但不會那麼耗時喲。」

堀北說完，就從背包裡拿出一本書。

「上星期你不是說想讀我在看的這本書嗎？」

她把蓋著圖書館章的書放在桌上。

「是《再見，吾愛》啊。」

那是雷蒙．錢德勒寫下的名作。

我之前就很感興趣，而去了好幾趟圖書館，但它在這所學校好像莫名地受歡迎，一直都在外借中。我差點就要放棄，想說只好自己去買。

「真虧妳借得到耶，難道妳願意借給我嗎？」

我可以料到還書之後馬上就會被其他人借走。

雖然有點狡猾，但要借的話，確實從上一名借書者直接拿來會是最好的。

「如果你想要的話，我就是那麼打算的。順道一提，今天就是還書日了，所以可以請你到圖書館辦理手續，再由你重借嗎？」

「妳的意思是還書很麻煩，所以要我接手那些手續？」

「就算我特地去還書，你也一樣得去圖書館吧？不如說，我覺得只考慮效率性的話，這是個很正確的判斷呢。」

確實，這只會省下由堀北歸還的這個功夫。

借書時會需要學生證，要她以我的名義重新借書是不可能的。

反過來說，只是還書的話則是不必出示任何東西。

「當然，如果你拒絕的話，我就只要自己直接去圖書館還書就好。雖然我不曉得這本既受歡迎又缺貨的書何時才會到達你的手上。如果你要不惜浪費時間跑圖書館的話，那樣也沒關係。」

這再怎麼想都很沒效率吧？——她毫不留情地如此施壓。

這是堀北以她的方式對想閱讀的我表示的體貼嗎？

「……我知道了，那我就心懷感激地收下了。」

「麻煩你了。」

堀北說完，就把書遞來給我。

「只要是今天之內，午休或放學後都可以，你可以挑你喜歡的時間點。不過你一定要處理。要是我被當作逾期處理，我就要請你負起責任了。」

「我知道。」

我沒有在圖書館借過書，但我了解其中的機制。

借書本身免費，但機制應該就是逾期時會被扣除個人點數。

「好事要趁早。我現在就去。」

那樣堀北應該也會比較放心吧，麻煩的事情最好都不要拖延。

2

沒想到剛進入午休的圖書館還真是個私藏地點。

因為館內禁止飲食，無法當作享用午餐的地點來利用，現在好像只有幾名使用者，歸還手續似乎可以進行得很順暢。

「反正都來了，也去借點其他書籍吧……」

不管要借一本還是兩本，還書所需要的功夫都一樣。

在辦理還書手續前，就讓我一起借走想要看的書吧。

我單手拿著《再見，吾愛》走去逛推理小說區。

反正我人都已經來了，就再多借一兩本偵探故事吧。如果可以把雷蒙・錢德勒的著作集中起來就更好了。

我一抵達推理小說區，就看見了一名女學生。

她正死命地伸出手臂，想拿下放在比自己還高的書架上的書。

書的位置非常巧妙，好像快拿到卻拿不到。

正因為感覺只差一點就拿得到，她才會抗拒使用凳子。

真是一件不論男女都經常發生的事情呢。

她想拿的那本書，是艾蜜莉．勃朗特的《咆哮山莊》。

那是在文學史上也赫赫有名的勃朗特三姊妹——其中的次女所寫下的作品。

不對，雖然在大綱上確實很有推理感，但它的類型應該算是戀愛吧？

我從旁介入，拿下女學生伸手在拿的《咆哮山莊》。

「雖然這樣可能是在多管閒事。」

下個瞬間，我便發現原本以為不認識的女學生是我曾經見過的人物。

「我記得妳是C班的……」

椎名日和。

她是不久前和龍園一起出現在我們面前的學生。

她靜靜凝視著我的臉龐，應該也同樣回想起我了吧。

「我記得……你是綾小路同學嗎？」

對方好像也記下了我的名字。

考慮到那次接觸方式很奇怪，這也可以說是必然的吧。

「嗯。總之，這個。」

我把書遞給她。

「謝謝。」

「妳喜歡嗎？勃朗特。」

「我個人不喜歡也不討厭。只是這裡放了類型不對的書，才會想把它放回正確的位置。」

「原來如此……」

看來她有著和我相同的感想。

「是說，你手上拿的……是《再見，吾愛》對吧。那是一本名作呢。」

總覺得椎名眼裡有著閃耀的光芒。

「這是我今天成功從朋友那裡借到的。」

「那你還真是幸運呢。二年級生之間似乎掀起了雷蒙．錢德勒的風潮，好像一直持續著爭奪戰。我也很想重讀，但今天也依舊沒有找到……」

「那我還真是做了件壞事。做出了轉借的舉止。」

「沒關係。我以前看過了，再說在尋找那本書的期間也會邂逅其他書籍。這所學校的圖書館擁有相當規模的藏書量。要是埋頭讀書，一定眨眼間就畢業了呢。」

她說完，就拿著勃朗特的書輕輕露出微笑。

「……這樣啊，或許就是這樣呢。」

這裡確實放著相當大規模的書籍。

就算無法閱讀到特定的書，不管要消磨多少時間也都沒問題呢。

「打擾妳了。」

現在是寶貴的午休時間。她比起午餐更優先來到這地方，應該不想要因為和別班學生閒聊而被占用時間。我決定離開。

「那個，你不是來找其他書籍的嗎？如果只是還書和借書手續的話，在櫃檯就可以解決了。你是打算順便借其他書籍吧？」

椎名叫住打算掉頭的我。

「我是想改天再來借——是說，妳在做什麼啊？」

前來搭話的椎名把視線從我身上移開，並看向了推理小說區。

「你已經讀過多蘿西・L・塞耶斯的系列了嗎？」

「不。我有讀過克莉絲蒂，但還沒開始看多蘿西。」

「既然這樣——我想想，那我非常推薦《誰的屍體？》。這是彼得勛爵系列的第一部作品，只要看了一次就一定會想讀完整個系列。」

她這樣說完，就從書架上抽出相符的書本，接著遞了過來。

「呃……」

我對謎樣的發展感到困惑，不禁煩惱起該怎麼回答才好。

「我自作主張地想延續話題，讓你覺得很困擾嗎？」

雖然我不是特別感興趣，但我也沒有那種膽量在這裡拒絕。

反正借書本身不用錢，我就先順勢答應吧。

「不。雖然有點不知所措是事實啦，但是妳都難得推薦了，我會借來看看的。」

「我覺得那樣應該很不錯。」

不知道椎名打算做什麼，她露出了非常開心的表情，然後就瞇起了眼睛。

「你應該還沒吃午餐吧？可以的話，要不要一起吃飯？」

「……咦？」

比起我被她推薦書，這個發展更讓我無法理解。

無論這是不是偶然的邂逅，或許我把這看成是龍園下達的指示會比較好。

不過，不管我在此答應或拒絕，椎名心中的結果都不會改變。

結論就是不管我選擇哪一種都會被判斷成有嫌疑。

「C班裡沒人喜歡小說，所以我沒有聊天的對象。」

椎名好像無法忍受我沒有回應，於是這麼說。

「這樣不是會有諸多的問題嗎？現在C班應該拚命在找D班的某個人吧？我想包含我在內都被當作是嫌犯了。」

這個椎名恐怕是聽見我或啟誠就是藏在堀北身後的候選人，然後被拜託來刺探我的才對。否則，她就不會突然出現在那個場合接觸我們。

在這裡也來深入交流，很可能就是關係著那件事。

某種意義上，她是比龍園更加毛骨悚然的人物。椎名日和完全是個未知數。

我在至今為止的考試上甚至沒認知到她的存在。

只要利用輕井澤應該就可以收集一定的資訊，但是她現在被龍園盯上了，也沒辦法貿然行動。我手上的人脈也只有小小一團，所以無從調查椎名的詳細背景。

啟誠或波瑠加，當然還有堀北，都很不擅長蒐集別班的資訊。

雖然我也可以利用平田，但那傢伙基本上是中立的，我也還沒看透他覺得我怎麼樣，還有是怎麼看待我的，所以我不想草率地拜託他。

至少，目前這個時間點是這樣。

「別擔心。那只是為了龍園同學而在形式上行動。我本來就對那類紛爭不感興趣。還是說，你和我說話會產生問題？」

「不，並不會。妳那邊沒問題的話，我也沒有特別要說的。」

「太好了。同學之間因為那種無聊的事情就無謂地產生裂痕，可是讓人很不開心呢。大家和睦相處才是最好的。」

裂痕啊。我想這在原本就是要互相競爭的學校機制上是無可避免的事。

即使如此多數學生仍理所當然地普通對待他人嗎？就像平田或櫛田無差別地受到歡迎那樣，我們原本就無法對「朋友」保持距離。

「那麼我們走吧。時間感覺也正在分秒流逝。」

她望向設置在圖書館的時鐘。

「讓我在櫃檯辦個手續吧。」

誰能料到，在偶爾造訪的圖書館裡會有這樣的展開呢。

3

我們兩個人移往學生餐廳。午休開始已經過二十分鐘以上了，所以餐廳裡的學生眾多、熱鬧不已。不過大部分學生好像都正在用餐，或者是剛吃完飯，售票機幾乎沒有學生在排隊。我隨便挑了每日套餐，但接下來卻花了點時間。

椎名好像難以做出抉擇，她猶豫不決並上下左右移動按按鈕的手指。

「等一下喲……」

她那麼說，我就乖乖等了兩分鐘。她接著好像總算下定了決心，選了和我一樣的東西。

「我剛才猶豫了一下。」

「沒關係。後面也沒人在排隊。」

接著，櫃檯馬上就準備了兩份套餐端了出來。

椎名感覺要拿裝餐點的托盤會有些難拿。

因為椎名把拿到圖書館的學校背包也帶著走來了學生食堂。

「背包很礙事吧。我來拿。」

「不，我不能麻煩你做那種苦差事……」

「沒關係，拿著托盤跌倒還比較糟糕。」

「不好意思……」

我接下她一臉抱歉而遞出的背包，發現相當沉重。

她是隨身帶了課本之類的嗎？

「很重吧？謝謝你。」

我們盡量避開密集的地段，前往空著的座位面對面坐下。

接著，就兩個人慢慢吃起了稍遲的午餐。

「妳平常就會利用學生食堂嗎？」

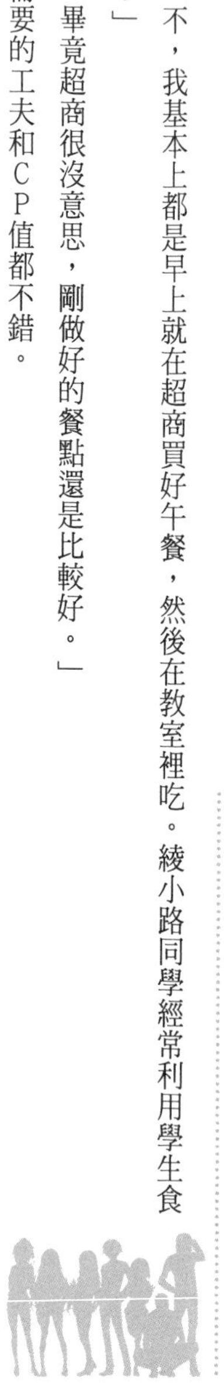

「不，我基本上都是早上就在超商買好午餐，然後在教室裡吃。綾小路同學經常利用學生食堂嗎？」

「畢竟超商很沒意思，剛做好的餐點還是比較好。」

需要的工夫和ＣＰ值都不錯。

椎名拿起筷子，端正地把菜餚送入嘴裡。

我看見那些動作覺得很佩服。她拿筷子的方式非常漂亮。

「嗯，原來如此……學生餐廳確實很好吃。我會好好記住的。」

「難不成妳是第一次在這裡吃飯？」

「被發現了？」

「妳在售票機前很煩惱，我有想過該不會是這樣……」

第二學期也要結束了，沒利用過學生餐廳的學生還真稀奇。

「我早就有興趣了，但失去一開始去的契機就會變得不再前往。我想說機會難得，於是就試著鼓起了勇氣。」

我或許可以隱約了解那種心情。突然要去平時不太會去的設施需要一點勇氣。因為不清楚那個地方的狀況，所以會覺得很不知所措。不想對常客們展現自己什麼都不懂的模樣的那種自尊心會使人卻步。

一開始，我也很抗拒在超商買滴漏式咖啡。

因為我沒自信能否從只放冰塊的杯子裡流暢地做出一杯咖啡。

不過，那些多半出乎意料地都是只要試著開始做就沒什麼大不了的狀況。

「那麼以這次為契機，或許妳今後就變得可以過來了呢。」

「是的。」

後來，我們就匆匆地聊了一下，結束了在學生食堂的用餐。

因為我們很晚才出發，結束用餐時學生餐廳裡的學生幾乎都離開了。雖然也有部分學生在熱絡地聊天，或慢慢用餐的學生們零星留下來就是了。

「回到剛才圖書館裡的話題。如果你不嫌棄的話，要不要讀一讀這裡的書？」

拿著背包的椎名這麼說完，就把背包放到了桌上。

咚——背包發出了無法從外觀想像到的重低音。

「綾小路同學，你有看過其中哪一些書呢？」

她從背包拿出了四本書。難怪背包很重。

居然是康奈爾·伍里奇，外加艾勒里·昆恩、勞倫斯·卜洛克、以撒·艾西莫夫。

「選得滿不錯的耶……」

任何一本都是過去的推理小說名作。

「你知道嗎？」

「我也滿喜歡推理小說的。」

「這樣呀！」

椎名開心地雙手合十，笑了出來。

我接著忽然對書感到一股突兀感。

「這些都不是圖書館的書籍耶。」

「這些全是我的私人物品。我在想有天如果出現可以在相似興趣上聊天的人物時就要把書借給對方，所以才會把書帶著到處走。一開始是帶一本書，不過在找到出借對象前就逐漸增加了數量。」

「這樣啊……」

她實在是個有點少根筋的人。

「請別客氣，要拿走哪一本都可以。」

「那……我就拿沒看過的艾勒里·昆恩。」

「請拿請拿。」

如果這是演戲的話還真是不得了，但這實在不是那種感覺。

我只覺得這是單純喜歡書本才會有的行動或舉止。

不過，我還真是在奇怪的地方有了一段奇妙的緣分。

當然，這若是C班那方設計的陷阱，我就應該防備才是，但這次的事情可以說是完全的偶然吧。

我和她約好之後會還書，宣告午休結束的鐘聲就響了起來。

4

放學後，手機群組一如往常地有訊息傳進來。

『可以來櫸樹購物中心的話就過來，地點是老地方。』

波瑠加傳來了這種輕鬆的訊息。

在我為了回覆訊息而在手機上打字的瞬間，隔壁鄰居就丟來一把言語利刃。

「你一臉賊笑，真讓人不舒服呢。」

「誰？」

「就是你啊。就算我不用特地說，你至少也會有自覺吧？」

「至少我有自信自己沒在賊笑。」

因為我不記得自己的嘴角有上揚。

「真不知該說是你比我正經，還是是反過來在裝傻……我是指你的內心。」

看來堀北發現了我看見朋友傳來的訊息而在開心。

「你還滿融入班級的呢。」

堀北最後留下這種台詞，就拎著背包獨自回去了。

「賊笑啊……」

我對朋友的聯絡不會感到不愉快當然是事實，但如果堀北從我的表情擅自推測出的解釋是「賊笑」的話，這對堀北來說似乎意外不是件令她高興的事。

她就那麼想繼續構築邊緣人聯盟喔……

我努力做完回家準備，然後出了教室。

如果是一般團體的話，應該就會在教室呼朋引伴並前往目的地吧。但我們這一團不具有強制力，所以不太會那麼做。

完全就只有想來的人會在想來的時間點集合而已。

我到了櫸樹購物中心的老地方，發現所有人都集合了。

「明人，你的社團活動呢？」

「……我今天蹺掉了。」

「C班的傢伙們好像又出現在弓道場上了。雖然看起來好像沒有發生打人或是被打的情況……」

看來他們好像起了一點糾紛。

「我有先和學長說有點提不起勁所以要請假。我們社團很鬆散。」

就算說是請假，這個報告太老實了。

不過要是謊稱身體不適的話，就沒辦法待在這個場合了吧。

「再不阻止C班的暴行可能真的會很不妙。連社團活動都會出現妨礙。」

「你要不要跟老師商量一下？」

波瑠加這麼建議，可是明人卻左右搖頭。

「就算說自己正在被C班監視也沒辦法吧。如果是禁止進入的場合就另當別論了，畢竟來弓道社觀摩是自由的呢。」

就算那大部分是在說謊，反覆觀摩也沒有問題。

「說得也是。C班真的做出了很擾人的事耶。啊，說到C班呀，我看見嘍、看見嘍——唷！真是令人佩服啊！大總統！」

波瑠加對我說出不知是哪個時代的用語，然後用手肘戳了我的側腹。

「看見？妳是看見什麼？」

「問我看見什麼？就是看見小清和C班的椎名同學兩個人在吃飯的模樣啊。」

……原來如此。我在學生食堂被看見了啊。

雖然餐廳很寬敞，但後半段人群幾乎都疏散了，這不是件奇怪的事。

「愛里一直很在意那件事，還把飯都灑了出去。」

「哇啊！我們應該約好不說那件事情的！小波瑠加！」

「是嗎？那就當我剛才沒說。」

我的腦袋構造可沒單純到叫我當作沒有就忘得了。

不過這下我就可以理解一件事情了。

那就是今天舉辦集會一定是因為他們想聊這件事。

「莫非這就是聖誕節在即，所以趕著談戀愛嗎？」

「是這樣嗎，清隆？我還以為你不會做那種俗事。」

啟誠有點生氣地說道。

「天真，太天真嘍，小幸。男女最後都是會戀愛的。是說，說是俗事的這種發言也太老土了，現在年輕人的動作可是比你想的還要快呢。」

「說什麼快啊，我們可是高一生耶。」

「我說呀，高一才第一次談戀愛還嫌太晚了呢。我國小的時候，就有人在和國中生或高中生

交往了。」

對波瑠加這些衝擊性發言，啟誠張大了嘴並且啞口無言。

「我、我聽都沒聽過。」

「那只是小幸沒在觀察周圍而已。因為很多女孩子都對同年級的幼稚男孩子不感興趣呢。」

雖然我想小學生幼稚也沒什麼大不了，但或許我和啟誠都一樣不諳世事。不過必須修正的地方，我還是不得不修正。

「抱歉，在你們自顧自聊的興頭上打斷話題，但我完全沒做那種輕浮的事情喔。」

「是嗎？這不會是在掩飾害羞吧？」

「看、看吧。我就是這麼說的，但是小波瑠加卻不相信。」

「我午休有事情去圖書館，所以才會偶然被椎名給搭話。我想這就和明人在社團活動上被石崎他們盯上一樣。我也被問了各種事。因為莫名地拒絕人家而被她更是盯上也很討厭……」

這麼說正好也會在話題的發展上增添真實性。

再說這也未必算是謊言。

就算是偶遇，她也極有可能是來刺探我的吧。

「綾小路也總算被盯上了啊。龍園那傢伙就那麼不爽我們可能會脫離D班嗎？」

明人再次切身感受到除了自己之外受害正在擴大，因此相當憤慨。

不過啟誠則是在其他層面上思考起這回的跟蹤問題。

「不，或許不是這樣。最近不是在謠傳有個策士正潛藏在D班嗎？雖然我目前為止都沒有留意，但龍園跟蹤我們的理由或許就是那個。綾小路，你實際上被椎名問了什麼問題？」

「就像你說的那樣，啟誠。她大概是因為我一個人才會覺得比較好搭話吧。雖然其中多少交織了其他話題，但她有來問我幾個像是策士什麼的問題。」

「原、原來是這樣呀，那並不是什麼約會呢。」

愛里因為毫不相關的事情而鬆了口氣。

「但我也沒聯想到什麼事情，不管她問了幾次我都沒辦法回答。老實說很辛苦呢。」

「不過，總覺得你看起來很開心耶。」

「我也沒辦法明顯地露出討厭的表情吧。她是同年級生的這一點不會改變。」

波瑠加一臉還在懷疑，啟誠則好像馬上就切換了想法。

「先不說波瑠加講的戀愛，我確實有點掛心C班所說的事情。雖然我對偷聽別人的對話感到很抱歉，但須藤好像也有和堀北商量被纏上的事。」

看來啟誠也聽到今早須藤的對話內容。

「你就沒事嗎，啟誠？」

啟誠對擔心自己的明人擺出了思考動作。

「目前沒有任何直接的受害，不過說沒有在意的事情是騙人的吧。」

啟誠回憶似的說出了自己在意的事。

「最近好像有不少機會看見C班學生。我原本沒有放在心上，但他們各個都是拍龍園馬屁的傢伙。我該不會也被他們盯上了吧？」

這種可能性應該非常高。

「這樣呀……可是他們沒有對我做任何事。」

愛里委婉地舉手，表示自己沒印象。

「我也是。」

波瑠加也附和著愛里地舉起手。

通常我們根本不會去想自己會被人跟蹤。

何況所有人都沒印象，所以也理所當然。

「或許妳們只是像啟誠那樣還沒發現，也正被什麼人給監視著。」

「咦咦～那是跟蹤狂嗎？真噁心。」

當然，男生對女生伺機而動也會產生種種問題。

如果龍園要把對策做得萬全也許就會動員女生了呢。

「被監視嗎？說不定有可能耶……」

聽著這些話的明人把手放到嘴邊，聯想到什麼之後就把話說了出口。

「我社團活動結束和你們會合的時間，大致上都很晚吧？」

「對呀，六點過或七點過後之類的。」

「我隱約覺得C班學生特別地多。我們前幾天在櫸樹購物中心會合時，小宮也在場吧？然後現在也是。」

明人在團體中也算是特別優秀，他的觀察力還真敏銳。

波瑠加好像打算露骨地張望四周，因此明人便制止了她。

「別這樣。我們也不曉得他們的目的，最好不要做出反應會比較好喔。」

如果明人沒阻止的話，我剛才就會阻止她了。

盡量避免會增加多餘火苗的行動應該比較好吧。

「唉——真不舒服。」

波瑠加毫不掩飾地對應該正在監視的小宮口出惡言。

「是說呀，那是真的嗎？D班有隱藏的策士這件事。」

波瑠加好像也沒有當真，似乎還是半信半疑。

「妳光好奇就是在白費力氣，波瑠加。龍園說謊都臉不紅氣不喘的。天知道那種傢伙是不是真實存在。」

明人這麼說，從話題的根本就予以否定。

但啟誠似乎以不同的形式做了思考。

「龍園應該也有在思考才對。就是因為他認為那種傢伙存在，所以才會追著我們吧。如果D班的策士就像龍園說的那樣真的存在，那會是誰呢？」

「什麼啊，你覺得那種人物存在喔？」

「如果不這樣想的話，他們這次行動的意義就會讓人搞不懂了吧。」

明人好像不太同意。

「龍園在想的事情要是有意義就好了呢。」

「小清，你怎麼想？」

好像是因為自己至今為止被找過幾次碴，明人看起來很懷疑。

「先不談他們在找的人是否實際存在，但跟蹤的理由大概也就是那樣了吧。」

我就在想他們會對我拋來這個問題，果然拋過來了。

波瑠加聽完各自意見，就雙手抱胸這麼說：

「也就是說，那個人不是堀北同學，而且還在至今考試上表現得很活躍吧？那會是小幸嗎？畢竟你也很聰明。實際上你考試上也總是處於上段。」

「我什麼也沒做。無人島上和干支考試上也盡是受到折騰。」

真是沒出息——啟誠邊這麼反省邊嘆氣。

「不然像是高圓寺呢？雖然他的個性那樣，但他的腦袋清晰、運動神經卓越。」

「那才更不可能吧。他就像妳說的那樣是那種性格喔。他看起來是會為了班級行動的人嗎？」

他欠缺合作性的程度遠高於堀北，高到都要突破天際了。

「但是，或許那是正因如此才做出的偽裝。」

「妳是說，那種破天荒的性格是刻意營造出的特質？」

「真正的模樣是冷靜沉著的策士……這不可能嗎？」

所有人都同時左右搖頭。

「絕對不可能。那傢伙那是真的本性。」

正因為相處也久了，高圓寺這名學生的那副樣子毫無疑問是真的。

「說起來就算撇開個性不說，高圓寺是策士的可能性也極低。」

啟誠像是話裡有所根據地說道。

「那傢伙在無人島考試第一天就棄權了。換句話說，他應該完全沒看見戰局才對。假如無人島的時間點就存在堀北以外的策士，這樣就不會成立。」

「哦——原來如此。這很有說服力耶，小幸～」

「不過，這些話完全是猜測。因為前提是龍園所講的策士真的存在。而且，還是要那個人有涉及所有考試。就算假如真的存在，或許那個人在無人島考試沒有牽涉其中。這一切都只是猜測。」

「是嗎？確實如此呢。」

「但我隱約覺得那位策士存在於班上耶。」

「你怎麼會那麼想啊，啟誠？」

啟誠對不停懷疑的明人繼續說道：

「我就是隱約這麼覺得。硬要說的話，就是因為D班大幅成長到這種程度。」

「可是呀——龍園為什麼可以斷言堀北同學就不是策士呢？」

這件事誰也不懂，所以對話頓時停止。

「難道不會是平田同學之類的嗎？我記得他在無人島時好像說過接受了堀北同學建議之類的。」

「妳是說，其實是平田在背後指示嗎？」

「雖然他看起來不像是會做那種事的人，但應該也沒辦法說絕對不可能。」

作為最後的有力候補，周圍提出的人物是平田。

「但平田肯定有被龍園盯上吧。」

「感覺好辛苦……感覺會被十個人盯著。」

通常如果被這麼多人給監視的話，就會沒有一刻是放鬆的呢。

平田也一定就像明人被石崎尾隨那樣，正在被某個人監視並盯著吧，但平田這個學生就是會以不干涉來解決事情。

我的眼前浮現了他就算是必須打敗的對象也會顧慮的模樣。

我最近幾乎都沒有和平田接觸。

在龍園他們正在刺探的狀況下行動受限也是事實。

我沒必要無謂地放出誘餌。

「欸、欸，清隆同學。」

聽著大家說話的愛里委婉地開口。

「嗯？」

「我希望你聽我說，但別不開心……難道那名策士，其實就是在指清隆同學嗎？」

其餘的三個人也因為這些話同時往我看來。

「妳怎麼會這麼想啊？」

「因、因為，那個……清隆同學總是冷靜，又聰明……還很可靠……所以我覺得你應該有給過堀北同學各種建議……」

「小清的考試成績有很好嗎？」

「我記得不好也不壞。」

啟誠推了眼鏡。

該說她是天然呆嗎，愛里不知道同學的隱情，這算是沒惡意的發言吧。

「對、對不起呀。我只是隱約這麼覺得……我是在想，如果因為不經意的建言而被龍園同學盯上的話還真可憐……」

「很遺憾，我是總是受到堀北建議的那一方。」

「不過，小清也帶有一點神祕的特質呢。考慮到你曾經待在堀北同學身旁，就因為是這種狀況，所以就算遭到懷疑也不奇怪吧。」

「或許……就是這樣。之所以被椎名直接搭話也是如此。」

到目前否定策士的存在本身的明人抵達了一項結論。

「確實會有容易懷疑綾小路的因素呢。就算實際上沒有策士，但因為他待在堀北身邊，於是就深信不可能存在的策士真實存在，應該也有可能會有這種發展吧？」

「如果是這樣，還真是場災難呀，小清。」

「……真的。」

「你被搞錯的龍園給徹底盯上了啊。光想像就很鬱悶耶。假如你有什麼傷腦筋的事，就別客氣找我商量吧。」

明人說完，就把手搭到我的肩上。

「嗯，我會的。」

不過，我不可能一直就這樣只有被跟蹤而已。

龍園一定會在他判斷是好機會的時間點前來發動總攻擊。

5

隔天放學後，我放鬆異常痠痛的肩膀，同時不讓任何人發現地嘆氣。

肩膀痠痛的原因，就是因為班上某個人物的行動令我無法理解。

根本無從知曉我精神上很疲勞，意外的訪客便往我靠了過來。

她的裙子隨風搖曳，並在我眼前停下腳步。

「欸，綾小路同學。你今天有空嗎？」

前來這麼出聲的，是D班的女生佐藤。

「如果可以的話，要不要一起喝杯茶再回去？」

她用左手食指把頭髮捲得像義大利麵一樣，同時這麼說。

該怎麼說呢？我真是不得不說她是個很大膽……且充滿積極性的學生。

這名叫做佐藤的學生，以前來對我做過告白（？）般的舉動。

換句話說，這就像是約會邀請吧。

隔壁鄰居堀北好像毫不介意，她做完回家準備就出了教室，但總覺得綾小路組的成員在裝作若無其事地窺伺著狀況。

想著個性強勢的女生——佐藤，為什麼會跟綾小路說話。

尤其是像是波瑠加，她應該也不例外，跟其他女生一樣深感興趣吧。

「啊——……」

我今天並沒有特別的安排。團體的集合也不是強制參加，所以我可以不用介意。雖然我也很在意組員們的視線，但那些都只是小事情。

「你不方便嗎？」

對於我沒有馬上回以好答案，佐藤有點不安地回問。

「抱歉，佐藤。我今天有點不方便。」

我煩惱了一下，最後還是決定拒絕。

理由就在於造成我肩膀痠痛的原因。

因為今天早上到放學不時被投以的視線，讓我很不舒服。

我在和佐藤對話的這個瞬間也一直被對方看著。

茶柱老師一直留在放學後的教室。

本人看似是淡然地處理著剩下來的事務，但很明顯是在邊做假動作邊看著我。

莫名讓我感受到了那種想和我接觸的意圖。

「這、這樣呀。那回頭見嘍，綾小路同學。」

雖然我很抱歉讓佐藤失望，不過這是她運氣不好。

為了回去，我以被佐藤目送的形式出了走廊。

這下子問題就解決了……才怪，危險馬上就逼近而來。

因為幾乎同一時間離開教室的茶柱老師從後方追了過來。

她果然是有事情找我啊。

拒絕佐藤的邀約好像是個正確答案。

我刻意避開顯眼的教室走廊，並走向前往玄關要繞遠路的樓梯。

「……綾小路。」

人煙變少後，茶柱老師就拉近距離前來搭話。

「找我有什麼事嗎？」

「嗯。跟我來，我有話要說。」

「這可是個難以達成的商量呢。我待會兒和堀北有約。」

我隨便撒了個謊，試圖逃走。

「身為教師，我也不想做出不謹慎的舉動，但我也有不得不這麼做的苦衷。」

平時不顯露情感的茶柱老師，難得地露出了懦弱的表情。

「我有種不好的預感耶。」

「很遺憾，你沒有權利拒絕。這是件非常重要的事。」

雖然我很不想跟去，但假如這是老師的指示，我也不得不遵從了吧。

我這點抵抗起不了作用，所以就決定跟在茶柱老師身後。

我們離開學生所在的區域，來到的地方是——

「接待室？需要特地在這種地方談嗎？要說是討論志願也太早了吧。」

「你馬上就知道了。」

我試著摻入玩笑話，但她好像不願回答一介學生的疑問。

但比起門扉的另一側，我對茶柱老師更感到好奇。

該說她現在有失冷靜，而且似乎正在焦躁中嗎？

即使在門另一側的人物和我想像的一樣，但她的態度明顯變得這麼奇怪也很不尋常。如果平時就是欠缺冷靜的老師另當別論，但茶柱老師並不屬於那種類型。

茶柱老師一點也沒有發現我的疑問就敲了敲門。

「校長，我把綾小路清隆帶來了。」

校長嗎？對我這種學生來說，這似乎是入學到畢業都不相關的人物。

「請進。」

裡頭傳來溫柔卻讓人感受到年紀威嚴的嗓音後，茶柱老師便打開了接待室的門扉。

六十歲前後的男性坐在沙發上。我在入學典禮和結業式上看見他幾次，他是這所學校的校長沒錯。但他的表情不帶從容，額頭上還冒著汗。然後他對面還有另一個人。於是我便確定了。

——確定自己為什麼會被叫到這裡。

「那麼，接下來就要請你們兩位談談了……可以嗎？」

「當然。」

「我要先行離席，請慢聊。失陪了。」

校長對面坐著四十幾歲的男人。儘管對方年紀明顯小他將近兩輪，校長卻始終以低姿態相待，還逃跑似的離開了自己的地盤。

「那麼，我也在這裡失陪了……」

茶柱老師也對男人行禮，接著與校長一起離開了房間。

我沒有漏看她最後看著我的視線游移不定。

門關上後，只有暖氣運作的聲音微微傳到耳邊。

我不發一語、動也不動，男人便靜靜地說：

「你要不要先坐下？我是特地來找你的。」

這是睽違一年，不……睽違一年半再次聽見這個男人的聲音。

他的語氣和聲調都和以前沒有不同。

雖然我也不期望他會有什麼地方改變。

「我不打算坐下來久聊。我待會兒和朋友有約。」

「你說朋友？別逗我笑了。你不可能會交到朋友吧。」

他根本沒看見我的生活就這麼一口咬定。

很有這個確信自己就是絕對正義的男人的作風。

「要不要和你在這裡對話，對我今後完全不會有影響。」

「那麼，我可以想成你會回答我期望的答案嗎？這樣就不用談了。我也是百忙之中抽空而來。」

男人完全沒看著我，就打算這麼走向結論。

「我才不知道你期望什麼答案。」

「我已經讓學校準備了退學文件，剛才也和校長談妥了。接下來只要你說ＹＥＳ，事情就會結束。」

我正想糊弄過去，男人就立刻切入了正題。

「我根本就沒理由退學。」

「對你來說或許是這樣，但對我而言可不是。」

男人在此第一次看我。

那雙銳利的眼神別說是衰退了，鋒利度更是顯得年年增加。

應該有不少人因為那雙彷彿磨銳刀刃的眼神，而承受內心深處被看透般的感覺吧。我則是正面接下了他的視線。

「你好歹也是父親，你要因為單方面的方便而扭曲孩子的希望？」

「你說父親？你對我曾有過父親的這種認知嗎？」

「確實沒有呢。」

從根本上的問題來說，這個男人有沒有把我當作兒子都很難講了。

他恐怕只記得我們只是資料上的父子。

有無血脈相連根本就無所謂。

「作為大前提，你做出了擅自的行動。我應該是命令了你待命才對。」

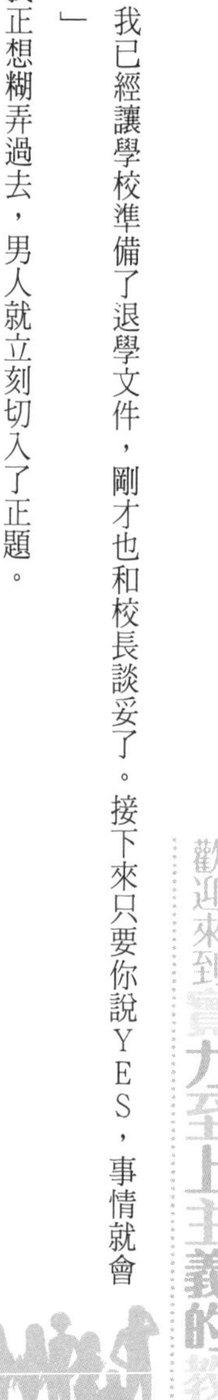

男人不再催促我坐下並這麼開口。接著繼續說：

「你打破了那道命令並入學了這所學校。我命令你立刻退學是理所當然的。」

「你的命令只有在White Room裡才是絕對的吧？現在我離開那裡了，根本不必聽從命令。」

這是很簡單的邏輯說明，不過男人當然不會接受。

「才一陣子沒見到你，你變得真是健談。果然是這所無聊學校的影響啊。」

男人就這麼托著臉頰，用看著穢物的眼神望著我。

「倒是請你回答我剛才的問題吧。」

「你是指不必聽從命令這種無聊問題嗎？你是我的所有物，所有者當然擁有一切權利。你要死要活都是我說了算。」

男人在這個法治國家裡認真地這麼說，實在是很惡劣。

「我是不知道你想多麼堅持，但我並沒有打算退學。」

就算互爭要不要退學，明顯也一直會是兩條平行線。

這男人討厭說廢話，他不可能不清楚這點。

那他會怎麼做呢？當然就是使出下一招。

「你就不會好奇告訴你這間學校的存在並教唆你入學的松雄，他現在過得怎麼樣嗎？」

「不會。」

那是我有印象的名字，我也隨後想起了對方的長相。
「他是我委託管理你一年的執事，但卻在最後的最後，忤逆了我這個僱主。」
他不一口氣說完內容，而是刻意分段說明。
他藉由這麼做讓對方牢記內容，同時灌輸高度重要的對話將要開始的這種意識。
透過混合沉重的語氣、沉重的視線，聽眾就會想著發生了什麼事，並自作主張往壞的方向思考。想著對方做了什麼過分的事情。
「就從我的管理下逃出的辦法來說，他告訴了你這所學校的存在，然後完全無視我這個親生父親的意思擅自辦了入學手續。這實在是件蠢事。」
他拿起校方奉上的茶水杯，並含了一口茶。
「真是一件可惡至極、不可饒恕的行為。他當然必須受到報應。」
他不是在威脅。看起來只是不帶情感地如實說出可能真的發生過的事實。
「你應該已經想像到了吧，那傢伙已經經我之手被懲戒解僱了。」
「如果違逆了僱主，這是很妥當的判斷。」
擔任我的執事且名為松雄的男人，是個年近六十的人物。
他非常會照顧別人且和藹可親，是每種小孩都會喜歡的男人。
松雄年紀輕輕就結婚，但老婆懷不太上小孩，年過四十才有孩子。但作為代價卻不幸地失去了妻子。他一個男人獨自拉拔長大的孩子和我同年，我記得他老是一直說那是他最引以為傲的兒子。

雖然我沒有直接見過他兒子，但松雄說過，他兒子告訴他會出人頭地向父親報恩，所以每天都努力勤學。他當時的笑容，現在也依然烙印在我的記憶裡。

「你也知道吧，知道松雄引以為傲的兒子。」

我擅自地在想剛才那些事，他就看穿這點般地針對而來。

「就像你決定入學這間學校一樣，松雄的兒子也通過考試難關，並且漂亮地入學了一間名私立高中。他真的是靠自己做了一番努力。」

他間隔一句話的時間，接著繼續說：

「不過，他現在已經退學了。」

那句話代表的事情很單純。

雖然他避免直接表達，不過意思就是——他取消了松雄兒子的入學作為懲罰。

這個男人就是有這種能力。

「然後呢？像你這樣的男人會只有這樣就罷休嗎？還真是溫柔呢。」

「松雄的兒子是個很堅強的孩子。就算被一心期望的升學學校退學，他的心靈也沒有墮落。他好像馬上就入學了其他高中並試著東山再起，所以我也同樣決定要盡我所能。我徹底毀掉他兒

子要去的所有升學學校並讓他放棄了升學。松雄他自己也一樣。我四處放出那傢伙的惡評，徹底封鎖他再次受人僱用。就結果上來說，就是他兒子失去了去處，而且他自己變得沒有工作。」

他是在說都怪我自作主張才害得松雄和他兒子走投無路。

這應該不是捏造，全都是事實吧。

但如果他只是要報告那種無聊的事情，實在也很敗興。

「到這裡你應該不會那麼驚訝吧。他違逆了僱主，所以一定的賠償也是必然的。但松雄好像比我想的還看不開。他原本就是個很有責任感的溫柔男人。妻子早逝，並自己一個男人養育孩子的他，應該很苦惱自己輕率的行為導致兒子的未來都被奪走。為了救兒子，他得出了一個結論。作為賠償，他懇求我別再對他兒子出手，最後則是在上個月引火自焚。」

這好像就是男人冗長講述想表達的事。

在說我任意的行為連繫了奪取他人性命的悲劇。

「現在他兒子在連明天都沒有保障的打工處賺著為了餬口的薪資。沒有夢想也沒有希望。」

「都是因為你，他們一家才會遭遇慘事。想必他兒子應該很怨恨你吧。」

「這不是死了就會被原諒的事。」

「然後呢？」我等著他下一句話，男人便微微上揚了嘴角。

「照顧且幫助你的男人都死了，你卻好像不感興趣。松雄賭上自己的去留為你盡心付出，他要是看見你這種態度大概也會很後悔吧。」

這是個哏還是什麼的嗎？

松雄和他兒子會走投無路、選擇死亡，原因也在這個男人身上。

說起來死人根本就不會後悔。

但男人的目的不是逼出我的罪惡感。

也不是要勾起同情心。

他只是想要表現給我看吧。

如果你惹毛我，我就會毫不留情——他只是想表達這件事。

「先就大前提來說，沒有證據證明你的話是真的。」

「松雄的死亡登記已經被受理了。如果需要的話，我就去把住民票要過來吧。」

「你隨時都可以和我拿。」他強勢地說。

「就算他真的死了，如今我也不能離開學校。我要繼承松雄明知會被你懲罰也要讓我入學這裡的遺志。」

我對胡鬧的內容回以胡言亂語。

「你變了真多，清隆。」

我也不是不懂男人會想這麼說的心情。

我總是會聽從這個男人的指示……正確來說，是White Room的指示。

因為對我來說，那麼做就是全世界。

不過，這個男人唯一的失敗，就是出現一年的空窗期吧。

「一年的空窗期究竟發生了什麼？是什麼讓你決心進這間學校的？」

正因男人也發現這點，他才會前來追究。

「或許你的確施行了最棒的教育。即使那種做法沒臉面對社會，我也不會否定White Room本身，所以我不打算對別人說出過去的事情，也不會做出讓你入罪的舉止。可是你太過於追求理想了，結果就是我現在這副模樣。」

我是高一生，十六歲。不過我在知識上的學習量遠超過人終其一生將學到的量。正因如此我才會不小心發現，而且得以察覺一些事情。人的求知心是會無限湧出的。

「你教了我們各種知識。純粹的學問與學術不用說，還有像是武術或護身術、處世法之類的簡直不勝枚舉。就是因為這樣，我才會開始想學習你覺得無趣而捨棄的『世俗』。」

「你是說，你最後得出的結論連繫到了離家出走？」

「一直待在White Room裡能不能學到和這所學校一樣的知識？所謂的自由是什麼？不受束縛的意義又是什麼？在那種地方根本不可能學到那些事情。」

只有這部分是這男人也無法否認的。

雖然White Room在世界上可能是培育人效率最佳的設施，但也無法學到世上的一切。那是一個把認為不必要的東西捨棄到極致的設施。

「松雄和我說過，說若是日本唯一的這間學校就可以逃出你的手掌。」

假如我沒選擇這所學校並依照指示待命，或做了其他選擇，我應該就會再次被送回White Room了吧。我強烈否決了退學。

「雖然這令人難以理解，但我好像也不得不接受狀況了呢。在計畫完成前暫時中斷設施果然是個失敗。居然僅僅一年，長達十六年的計畫就幾乎算是失敗了。可恨的是，你竟然逃到這所學校裡、從我的手中逃脫。」

我知道暫時中斷White Room對這個男人來說是段悲痛的回憶。

正因如此，他才會像這樣強烈地希望把我帶回去。不過，他經過半年以上才來接觸我似乎有什麼隱情。這所學校的背後是有什麼大人物嗎？

「我了解你會來這裡的理由了。可是你要是覺得這樣就會解決，那你就太天真了。就像松雄的兒子那樣，我也可以強行讓你不讀這間學校。」

「這間學校有政府撐腰，我不覺得現在的你可以介入。」

「你為什麼可以這麼咬定？這發言真是沒根據。」

「第一點，你總是帶在身邊的幾個保鑣都不在場。正因為你四處招人怨恨，所以你應該離不

開那些保鑣才對。不過在這個房間和走廊可見的範圍內，那些傢伙全都不在。」

男人再次拿起茶杯，喝光應該已經涼掉的剩餘茶水。

「不過就是拜訪高中，我根本就不需要保鑣。」

「連到廁所都要帶著護衛的男人，不可能做出這種怠惰的事情。應該看成是你想帶來卻帶不成才對。意思就是說，在這所學校有權力的人物不允許。」

而如果不服從這點的話，這男人就不會被准許進到這裡了吧。

「真是缺乏根據。」

「其次，如果可以強行讓我退學的話，你就會二話不說直接執行才對。但你卻沒那麼做，還想特地透過談話讓我退學。這很奇怪吧。」

他對松雄的兒子應該是連直接見面都沒有就祭出嚴懲。

「還有一點。可想見這所學校起碼算是你的敵營，要是被社會上知道你在這裡強行動作，你的野心……你的東山再起，也就會永遠消失了吧？」

「……這也是松雄教唆的嗎？他就算死了也要纏著我啊。」

「根據松雄的說法，事情好像不會只是這樣就是了。」

雖然我並沒有從松雄身上聽到更詳細的細節，但還是可以擅自做出推測。

松雄應該也知道半吊子的方式阻止不了這男人。

「雖然中斷設施的影響也是問題，但我在你身上找到了另一個問題。不管自己認為做了多完美的管教，人身上都會發生適合稱作反抗期的現象。」

區區十五年不到的教育，是無法反抗自太古以來就深深刻下的ＤＮＡ。

「為什麼像你這樣的個體會做出脫離正軌的事？你應該一開始就很清楚學不需要的東西根本就沒意義。」

「那是因為無止盡的求知慾，以及我要自己決定自己的路。就只是因為我這麼想。」

「無聊。世界上根本就不存在比我準備的路更好的選擇。你遲早會超越我並成為改變日本的存在。你怎麼就不懂呢。」

「那是你自己覺得吧。」

「看來果然沒得談呢。」

「嗯，我也持相同意見。」

不管怎麼談都是平行線。根本就不存在可以接受的折衷點。

「White Room已經重新運作了。這次是個不會被妨礙的完美計畫。我也做了足以挽回落後的準備。」

「這樣就表示已經有一堆人會繼承你的意志了吧。為什麼還要執著於我？」

「計畫確實已經再次開始了，而且進行得很順利，不過還沒有出現像你這樣的卓越人才。」

「就算是說謊，你好像也不會說出『因為我們是父子』這種話呢。」

「說了那種無聊的謊，也不可能會打動你的心吧。」

說得也是。

「這是我最後一句話了，清隆。希望你仔細想過再回答。你希望憑自己的意志離開學校，還是透過父母之手強制離開？」

看樣子，這個男人真的非常想把我拖回他身邊。

雖然我不知道他打算使出怎樣的手段，但我也沒打算答應他。

「……你不打算回去嗎？」

我貫徹沉默，男人很快就得到了結論。

「雖然我不知道你能不能得到救贖，可是我不打算放棄上學。儘管方針不同，但這間學校也一樣是在培育人才。你就期待這點吧。」

「真無聊。你根本就不懂這所學校是什麼地方。這裡只是烏合之眾的小屋子。你的班上應該也有才對，有那種無可救藥的底層人物。」

「底層？也不全然啦，這個地方或許可以找到人是否平等的答案。我覺得是個滿有趣的方針。」

「你不會是在說無能的人和天才會變得可以站上同一個戰場吧？」

「我希望可以是這樣。」

「看來你就是想徹底違逆我的方針。」

「話題可以結束了吧。你應該也有發現這件事永遠都會到達兩條平行線。」

在我表示差不多想要結束的時間點，接待室響起了敲門聲。

「打擾了。」

這樣的聲音傳來後，門慢慢打了開來，接著出現一名看起來四十幾歲的男人。

面對沒有預期的訪客，男人的表情變得有點嚴肅。

「好久不見，綾小路老師。」

現身的男人這樣說完，就深深低下了頭。這個情況宛如是下屬與上司。

「……坂柳。真是張令人懷念的面孔啊。睽違七、八年了嗎？」

「我從父親那裡繼承理事長之位已經經過那麼久了嗎？真是時光飛逝。」

坂柳？我對眼前自稱理事長的男人的名字感到一股異樣感。

會不由得和在籍A班的坂柳有栖做連結，應該也是情有可原吧。

「你就是綾小路老師的……我記得你叫清隆吧。初次見面。」

理事長和我搭話後，就對站著的我稍微歪了歪頭。

「您好。我們的話題結束了，所以我要回去了。」

「啊，可以請你等一下嗎？我想稍微和綾小路老師還有你聊聊。」

既然是被第三者，而且還是這所學校的理事長這麼說，我也無法拒絕。

「來，坐下吧。」

理事長說完，就讓我坐到了沙發上。理事長則在我隔壁坐了下來。

「我從校長那裡聽說了。聽說你意圖讓他退學呢。」

如果理事長是個會屈於權力的人物，說不定就會把我逼入絕境。

「沒錯。既然家長這麼希望，校方就必須馬上執行。」

聽見男人的話，坂柳理事長會如何回覆呢？

坂柳理事長不管我的這種憂心，就看著男人的眼睛這麼斷言：

「那是不對的。學生的父母確實有很大的發言權。若父母強烈希望孩子退學，孩子的意見應該也有可能沒受到尊重。不過，這件事要先考慮到種種理由。舉例來說，像是受到極端的霸凌。如果有這種事實存在就另當別論了。存在這種事實嗎，清隆？」

「完全沒有。」

「真是場鬧劇。我覺得有問題的在其他地方。我只是在叫他不要讀未經父母允許就入學的高中。」

「高中不是義務教育。孩子上哪一間學校都是自由的。當然，如果父母需要支付升學伴隨的學費之類的就行不通了。但至少這間學校是政府全額負擔，所以沒有金錢上的不安因素，學生的自主性將會完全被放在最優先。」

雖然這是理所當然的，但這番話還真是令人感激。

同時，我也理解了一件事。理解松雄說過「如果是這間學校就可以逃出White Room」這番話，應該和這個男人的存在有關係。坂柳理事長面對父親也會毫不畏懼地把想到的話說出口，而且還發揮著效力。

他和在權力面前屈服的校長截然不同，有種很可靠的感覺。

「你也變了呢。過去贊同我的那個你去哪兒了？」

「我現在也依然很尊敬綾小路老師。不過，我就是因為贊同我父親創設這所學校的想法才會打算繼承。綾小路老師，這點您是最明白的吧？從我父親那時候開始，方針就沒有任何改變。」

「我不打算否定你的做法。你要繼承父親的意志也沒關係。不過，如果是這樣的話，你為什麼要讓清隆入學這所學校？」

男人似乎懷有疑問，而追問起坂柳理事長。

「為什麼嗎？因為我判斷面試與考試的結果合格。」

「你別想岔題。我聽說這所學校和一般學校不同。清隆原本不可能會變成合格對象。我知道面試、考試都只是個幌子。」

坂柳理事長至今都掛著爽朗的笑容，表情卻因為這句話而出現變化。

「……雖說是退出了一線，但不愧是綾小路老師。您還真是清楚呢。」

「規定應該是私下向這所學校推薦。在那個時間點就會確實決定合格。反過來說，不管沒有被推薦的學生是什麼人物，沒有一律不合格才奇怪。不是嗎？」

他們在聊身為學生的我原本絕對不會聽見的話題，好像只有這點是確定的。

「清隆的存在不可能在選定當中。換句話說，沒有不合格就奇怪了。」

「嗯，沒錯。他原本不在預定入學的名單裡。來自不在清單上的學生的不預期申請書，原本全都會被當作是不合格。為此，我們會舉行面試和考試當作偽裝。不過只有他是經由我的獨斷允許了入學。或許您是來把他帶回去的，但他現在是我們負責的重要學生。我有義務保護這所學校的學生。就算是老師的請求，有些事情我也無法聽從。只要他自己沒有親口說不讀的話。」

「開什麼玩笑。」男人說完，就把視線從坂柳理事長身上移向我。

但坂柳理事長還是繼續說道：

「我也不會無視家長的意見。如果您希望退學，我們會把清隆與校方加進來，並且反覆進行三方面談。我們就討論到您接受為止吧。」

實際上是完全否定了退學。

我應該可以看成是男人在這場面已經無計可施了吧。

「我的確無法在你的地盤硬來。不過，這樣我也只要改變想法就可以了。」

「您打算做什麼呢？您要是做出太粗暴的舉止——」

「我知道。我完全不打算施加某些壓力。」

這男人在這點的能力上特別專精，不這麼做也是在表明他辦不到。

「如果清隆是在學校規則下退學就不會發生問題了。」

「嗯，這點我向您保證。我不會因為他是老師的兒子就做出特殊待遇。」

「那麼話題好像也結束了。我先告辭了。」

男人從沙發站起。

「下次何時能見到您呢？」

「至少不會在這裡再次見面了吧。」

「我送您。」

「不必了。」

我對拒絕送行的男人說道：

「你如果要拿身為父親來說嘴的話，難道你就不會想多來幾次學校嗎？」

「這種地方來一次就夠了。」

男人留下這句話，就離開了接待室。

「呼——老師在的話，場面依舊就是會很緊繃呢。你應該也很辛苦吧？」

「不，還好。」

我只有他還真是老樣子的這種感想。

兩人獨處後，稍微冷靜下來的坂柳理事長對我送來溫暖的眼神。

「我啊，以前就知道你的事情了。雖然沒有直接說過話，但我一直都透過玻璃在觀察你。老師時常稱讚你呢。」

「這樣啊。這下子計謀就解開了。」

「計謀？……這是什麼意思？」

「沒有。倒是坂柳理事長，難不成在籍A班的就是——」

「你是說有栖嗎？那是我女兒喔。」

「果然是這樣啊。」

「啊，不是因為是我女兒，我才把她分到A班的喔。審查是公平的。」

「我沒有在懷疑這點。只是姑且問問。」

這麼一來，總覺得也稍微解開了那傢伙認識我的理由之謎。

若是這男人的女兒，那就不會不可思議了。

「在您可以回答的範圍內就可以了，剛才在那個男人——我父親的話裡，我有些事情覺得好奇。」

「莫非你是指你入學的事嗎？」

「對。」

「嗯。就如綾小路老師說的那樣。這所學校會對全國的國中生做事前調查，只允許判斷『值得隸屬本校』的學生入學。每年都會和各個國中的管理者合作處理。因為那麼做的結果，所以聚集來的才會是現在這些學生。面試或入學考那種東西不過是形式上的裝飾。就算在面試上胡鬧、考試上考零分，學生都是確定會入學的。全國希望入學的學生當然都寄來了入學申請書，但那是為了篩掉所有人的形式上的考試。」

就算在那些考試上考一百分，或在面試上表現得很完美都會被淘汰掉啊。

畢竟被淘汰的學生方也無從確認真相。

這樣我就可以理解了。我也了解為什麼須藤、池那些學力低落的學生，或是輕井澤、平田那種過去有問題的學生能夠入學。

意思就是說，對這所學校來說，一般的常識或學力都是其次的評價。

「你的情況也是在我決定讓你入學的時間點下，不論你做了什麼都確定合格。在所有筆試上考五十分對合格不合格都沒有任何影響。」

真是間極為特殊的學校。

目前為止日本恐怕根本沒有半間這種學校。

「你和綾小路老師應該會很疑惑吧。國家主導的這所學校，為什麼沒有以綜合能力的高低來判斷。但是，今後你一定會了解。了解我們的目標培育方針為何，以及這將會產生什麼效果。」

坂柳理事長充滿著自信。

「……不知不覺就講太多了呢，但我沒辦法再說下去了。因為你是入學這所學校的學生，而我則是監督這些學生的身分。」

即使如此卻還是說給我聽，應該就是因為我處在被那個男人盯上的特殊立場。

「身為這所學校的負責人，我會在規則中保護學生。你懂我的意思吧？」

也就是說，如果變得無法在規則中保護我，他就幫不了我了。

「當然。我大概知道那個男人今後可能做出的事情。」

要把我從這所學校趕出去能做出的選擇非常有限。

「那麼，我先失陪了。」

「嗯，加油啊。」

被他這麼聲援，我便離開了接待室。

我出了接待室，就看見在稍遠處等待談話結束的茶柱老師。我行個禮想走過她面前，她就配合我的腳步邁步而出。

「你和父親的會面怎麼樣？」

「就算您做這種笨拙的刺探也沒用。我已經理解一切了。」

「……理解了是指？」

「茶柱老師，我的意思是您說過的話幾乎都是謊言。」

「你在說什麼？」

「您可能以為自己藏住了動搖，但這都有表現在您的態度上喔。」

她的眼神游移不定，雖然只有一點點，但用字遣詞也不同於平常。

雖然表面上把情感壓抑到最極限，卻依然無法徹底隱藏動搖。

「那男人根本就沒接觸過茶柱老師您。當然也沒有來逼我退學。」

「不，你父親有來尋求過我的協助。事實上，就像我告訴你的那樣，他應該是來逼你退學的才對。」

父親的確是有來逼我退學。不過，只要看見他是第一次踏入這所學校，或是老師的態度，我就知道了。我沒有確鑿證據無法反駁，但接觸區區一介教師是很奇怪的事。

「我們就別再欺騙彼此了吧。坂柳理事長把一切都告訴我了。他說在決定我入學的階段就把狀況和您說了。」

「……理事長說出來了啊。」

我微微一笑。

茶柱老師在這個瞬間了解到自己的疏忽。

「綾小路，你是不是套了我的話……？」

「嗯。理事長完全沒有說到關於您的事情。但是，你們很明顯有聯繫。」

看到坂柳理事長知道我所有科目五十分，我就確信了。

「我現在開始就把我的推理說給您聽。首先，因為我對這所學校提出了希望入學，於是過去就認識我的坂柳理事長便自己展開了行動。他在決定入學的同時，應該也決定把我分發到D班了吧。決定進到D班而不是其他班級，就是因為您是個表面上不會對班級鬥爭表現出強烈興趣的老師。我截至目前看見的其他班級的老師，都抱著強烈的熱情想盡量讓班級提昇呢。」

要是貿然把我配到顯眼的班級，就相對地會增加受到注目的機會。

「然而，坂柳理事長卻有唯一一個失算。那就是對班級最沒有愛情，且看起來沒幹勁的D班班導，心裡其實藏著比一般人更想升上A班的慾望。」

「……」

茶柱老師什麼話都答不出口，只是默默地聽著。

這應該是因為知道就算貿然反駁也會被我駁倒吧。

所以我就不客氣地決定要粗魯地說話了。

——為了在此多確認一件事。

「妳對要升上Ａ班異常地執著。可是，目前為止的學生都不太好，沒辦法獲得那些機會。所以妳才會完全沒表現出那些情感，並且淡然地度過每一天。不是嗎？」

茶柱老師跟剛才為止都不一樣，變得連和我對上眼神都不想。

「這是你的猜測，綾小路。」

茶柱老師否認的發言裡不帶霸氣，感覺很軟弱。

「今年偶然出現了我這種非常規的學生，狀況與往年都不一樣。雖然有許多學生性格上有瑕疵，但依舊是人才濟濟。有堀北加上高圓寺，平田加上櫛田。如果進展順利的話，這是一群可以爬到上段班的學生。妳也是會變得想去期待。這麼一來，就算妳再次燃起封印的野心也不奇怪吧。回想入學沒多久就來纏上妳的星之宮的發言，就會很容易理解了。」

茶柱的舊識星之宮知道她想升上Ａ班的真正心意。

她的那句「妳該不會企圖以下犯上」便說明了這點。

「而現在，不管我說話或態度有多麼沒禮貌，妳都只能在這裡吞下來。考慮到被理事長交代要守著我的這件事，以及想把我作為升上Ａ班武器的想法，妳就只能裝作沒聽見我在這裡的粗暴發言。」

事實上，茶柱老師也只能像這樣聽我說。

「妳希望升上A班卻總是負責D班，這樣的妳無法放開這個機會。因為妳不惜說了接觸過我父親的謊，也決定要利用我的存在。那就是妳接觸我的理由，堀北則只是為此而被利用的棋子。然而，事情可不會那麼單純。」

我原本就沒有企圖心，一開始就沒有打算以A班為目標。

她不知道怎麼處理我這個幾乎不動作的人物，無人島上的第一場特別考試就這樣直接拉開了序幕。

「假如，特別考試開始後仍持續著被別班拉開差距的情勢，之後就算想超前也會變得沒辦法。焦急的妳因此就對我說出了理事長叫妳保密的事情。也就是使出了苦肉計。」

D班便藉此在某程度上順利地取勝。

而今天這個瞬間，一切的真相與謊言都揭穿了。

但現在卻有了失算。我的父親終於來接觸學校。

「妳應該自以為有控制住我吧，但妳已經反過來被我給制住了。」

「……原來如此。難怪理事長把你看得很特別。你的本領不是高一生會有的。意思就是說，你的想法已經遠超過了你的年齡層了嗎？」

她喘了口氣，接著點頭承認。

「……我就承認吧。我確實沒見過你父親。」

她至今拚命守住的態度瓦解了。

「不過，我如果有那個意思也可以讓你退學，這件事實你又要怎麼辦？我也可以把你當作違反重大規則再把你扭送校方。只有退學是你絕對想要避免的吧？」

事到如今她居然還來加強威脅。

「妳是想說無論過程如何結果都一樣。」

「對。」

「很遺憾，我已經有把握了。妳無法讓我退學。」

「……我就聽聽你得到這個結論的理由吧。」

我緩下粗暴的語氣，恢復到原本的模樣。

我的情感原本就沒有任何波動。

我只是為了確認茶柱老師的真正心意才表現得粗暴。

「那就是因為現在的狀況。現在的D班恐怕算是近年來很難得地維持著好成績吧。堀北和其他學生都開始一點一點地累積起實力。就算沒有我的幫助也不是絕對升不上A班。」

D班到目前為止都狂追著上段班，來到了可以超越C班的地方。

不，現階段是班級內部正在逆轉。

但如果出現退學者的話，當然就會遠離目標。

也就是說，狀況會變成不管茶柱老師想怎麼做，她都無法對我出手。

「就算我下了舞台，只要茶柱老師抱著希望，就可以繼續戰鬥下去。」

人是無法親手捨棄希望的。

「所以，我要請您放開我。」

「你是說，你要在知道一切的現在放棄把A班當作目標？」

我當然要放棄。為了升上A班而想利用我的老師，和希望我放棄念書的父親，今後也絕對不可能在背地裡有所聯繫。總之，我根本就不必害怕。

「至少我覺得我的戲份結束了呢。」

不過，我卻故意沒有徹底否定。

人只要有希望就會跟隨過來。

就算知道希望趨近於零，還是會忍不住想相信可能性。

茶柱老師停下了腳步。

「總之，現在就請您安分地守護著我。您要是再以出自個人情感的理由接觸我，可會妨礙我身為學生的本分。」

我這麼提醒她。

「雖然我知道自己在亂來，但如果我沒有放開你的話，你要怎麼辦？」

「這是抱著野心赴死的選項嗎？那可不是賢明的選擇呢。」

「不然我換個問題。你就不覺得當我失去希望，沒有任何保證我不會帶你一起上路嗎？」

「今後班級點數確實會有急遽下滑的可能性呢。那麼一來您就會失去希望。若是那樣也沒關係，想動手的話就請便吧。」

既然我阻止她也不會聽，那就只要隨她高興就可以了。

「但妳就要了解，教師的這種立場不是有受到保障的絕對地位。」

雖然這只是威脅，但至少應該會給知道內情的茶柱老師帶來一定的效果吧。

她對於離開現場的我好像沒有半句可以拋來的話。

我對於與父親的再會沒什麼感動的情緒，不過今天是收穫滿滿的一天。

意思就是說，我變得不必再幫忙他們升上A班了。

不管往後龍園想做什麼，我都沒必要干涉D班。

此外，這也表示不管輕井澤變得怎麼樣，對我的不利之處都已經消失了。

當然，如果輕井澤被拉攏或背叛我的話，我的存在就會敗露。但也不過是這樣而已。

就算我被龍園追究身分，只要之後我不為D班做任何事，就會以勉強有嫌疑的判定告終吧。

6

黃昏的林蔭大道。

我抬頭吐了口氣，白煙便飄過頭頂，接著淡淡地消失。

「好冷。」

每當口鼻吐氣，白色的吐息就會很有意思地反覆出現又消失。

溫差劇烈變化的日子持續不斷，所以很容易讓人忘記季節，但現在已經完全是冬天了。

畢竟去年的這個時候，我一直都待在室內呢……

一名陌生的女學生好像很冷地走過我身旁。

她手上握著手機，似乎正開心地在和某人聊著天。

「你當上學生會長之後，真的就馬上變得很難相處耶，雅。啊哈哈，我開玩笑的啦。我沒在生氣。但你下次要請我吃各種好料，做好覺悟吧。」

她在寒空下露出的那雙大腿好像非常冷。

肩上的中長髮散發出洗髮精的餘香。

「學生會？抱歉，我就免了。我對那些東西也沒興趣。再說雅和前學生會長的對決也還沒分出勝負吧？是說，你怎麼突然來告白呀？我可是知道你四處對女生出手喔。」

我沒怎麼打算偷聽，但她這麼大聲地說出來，我就算不願意也會聽見內容。從對話內容來看，她應該是二年級的女生吧。

「但是……萬一你贏了堀北會長，到時候我也是可以考慮。那就先這樣啦。」

女學生結束通話就「呼——」地吐出了白色氣息。

接著暫時停下腳步，把手機收到口袋中。

「真是得意忘形耶，雅那傢伙。話說回來，該說是堀北學生會長也很沒用嗎？我很期待他會阻止雅耶。到頭來，遊戲還是會以雅的勝利做結嗎？」

她剛才為止明明還開心地聊著天，對話結束馬上就降低了音調。

她好像沒有發現我錯身而過，就直接走掉了。

「唔哇！」

不過，卻發生了一點意外。

她好像在前往各年級宿舍的岔路絆到了腳，並且華麗地猛摔一跤。

「痛痛……」

她馬上爬起來，微紅著臉張望四周。

接著好像看見了我走在後面，這時才發現到我的存在。

她有點難為情地苦笑。

從她的樣子看來，好像沒有受傷。

她逃跑似的飛奔，消失在二年級生住的宿舍之中。

「果然是二年級生啊。」

這所學校裡除了透過學生會、社團活動之外，似乎不太有跨年級的交流，所以我幾乎沒什麼機會記下對方的長相呢。

「女生看起來好冷呢。」

有時，教室裡也會有學生說想在裙底穿運動褲。

雖然我覺得讓她們穿也沒關係，但這在校規上似乎算是禁止事項。

女生也是有諸多辛苦的呢。

這是我初次體驗到的「冬天」。

我沒想過會這麼寒冷，而且景色看起來有點虛幻。

有首歌是在說狗看見雪而興奮地到處跑，我很懂那種心境。

要是下雪的話，我應該也會很興奮吧。

我「呼——」地吹出一口氣，並且回想今天的事件。

父親的接觸、坂柳理事長的存在、學校的方針——那些事情根本就無所謂。

識破茶柱老師的謊言是個很大的收穫。

光是這樣，我就可以大幅向前邁進了。

「……就讓我結束掉吧。」

我至今都盡可能地完全待在後台，但在考試結果會被公布出來的機制上，只要D班活躍的話，相對地就難免會變成矚目的焦點。

我們必定會被嚴格地盯上，被調查是誰在中心行動。

事實上，雖然我特地把堀北塑造成那名中心人物，龍園還是發現她是假的。

畢竟坂柳也知道我的過去，而且一之瀨應該也開始懷疑我了吧。

要收手就只有現在。

過早的判斷當然可能通往自取滅亡。必須做出把進退兩者都納入考量的行動。

這麼一來，眼下的問題就是要如何應對龍園。

我從口袋拿出手機，直接輸入了信箱。

寄一封訊息給某個人物。

我說——如果可以講電話就聯絡我。

對方馬上已讀，並且回覆了訊息。

看來那名人物難得沒和朋友一起玩，很早就回到了宿舍。

我立刻從通話鍵那裡手動輸入十一位數的號碼，接著撥了出去。

『喂？』

這略顯慵懶的聲音主人，是一年D班的輕井澤惠。

雖然她本人還沒辦法知道，但她現在是被龍園盯上的人物之一。是個比堀北更清楚我就是在背後對D班動作的人物。

雖然像是我干涉到什麼程度以及正在做些什麼，她也有許多具體上不清楚的部分。要說現狀可以說的，那就是輕井澤眼中的我非常毛骨悚然。

「我在好奇妳在做些什麼。」

『你是在開玩笑吧？你怎麼可能會毫無意義地打來。』

我還以為自己有做出輕快的開場，但這對輕井澤並不管用。

「妳就沒打算要稍微享受聊天嗎？」

『如果講這種話的本人沒意思要享受，這就沒辦法吧。』

「……有道理。」

她不是虛有其表地在統籌D班的女生。她很了解對方。

「真鍋她們沒來接觸妳嗎？」

『嗯。現階段沒有問題……你就為了確認這件事來聯絡我嗎？』

她做出的反應與其說是驚訝，不如說是傻眼。

「那次之後過了好一段時間，目前為止什麼也沒發生啊。看來好像不必再擔心了。」

『如果是這樣就好了。但沒有人能預料到會變得怎麼樣吧。』

就輕井澤來看，她好像認為真正的平靜直到畢業為止都不會到來。

風吹拂著，冰冷地刺痛著我暴露在外的臉龐。

『你還在外面呀。』

她好像是透過電話聽見風聲了吧。輕井澤這麼說。

「現在在回去的路上。妳才是呢，今天好像很早。平常總會更晚吧。」

『我也是會有想早點回家的日子啊。』

她有點不甘示弱的回應。

「啊。」

我看見某樣東西並發出了聲音。

『幹嘛？』

以為被我搭話的輕井澤做出反應。

「不，沒什麼。」

剛才高年級生跌倒的岔路口，有個護身符掉在那裡。

這是剛才的高年級生弄丟的東西嗎？放著不管或許會比較好，但因為天氣預報說晚上開始會降雪，所以這樣下去會被水浸濕。

她感覺也沒有發現並且折返，我就先交給宿舍管理員吧。

『那個呀，我有件事無論如何都想先跟你確認呢。我可以順便問嗎？』

「想確認的事？」

我撿起護身符，邊走向二年級生居住的宿舍，邊再次開始和輕井澤對話。

『為什麼你明明很聰明，卻不表現給任何人看，或不告訴任何人呢？D班全都是笨蛋，如果你像洋介同學那樣出面的話，不就會受到支持了嗎？』

我不難想像她為什麼會來確認這種事。

「說我聰明，妳是根據什麼才那麼想？」

『問我根據什麼……』

「我的考試成績在平均上下。也不會在班上特別做出有利的發言，根本就沒有值得肯定的地方吧？」

『我說的不是那種事啦。』

我當然很清楚輕井澤想要說的話。

我目前為止在幾個幕後工作上都有找輕井澤幫忙。
像是阻止偷拍，或Paper Shuffle上櫛田的那件事。
綜合那些事，就算她會覺得不可思議也沒辦法。
『像這種事情呀，如果在更早的時候就表現出來，你在班上的評價也會變高吧？不只是這樣，你還可能會受到學校的矚目。就像體育祭那時一樣。』
這明明就和輕井澤完全無關，她卻興致高昂地說出了這種事。
「妳知道我不是會希望那種事情的人吧？」
『不然，你為什麼要做出種種行動？如果你不希望的話，一開始不做不就好了。』
「真是個中肯的意見。」
我也不是想做才做的。
「我原本就不打算做任何事情。我只是因為有必須做的理由才幫助D班。」
這原本是我絕對不會說的話題，但是今天有點特別。
我心情很好。
『雖然這樣好像也很浪費呢。』
「至今為止、從今往後，我都不打算出面做些什麼。」
唯有這點，即使對輕井澤，我應該都必須先謹慎地說明。

今後D班發生問題時，要靠我做東做西的我也會很傷腦筋。

『果然就是你吧？龍園現在拚命在找的人。』

不只是須藤或明人。跟蹤的範圍日益擴大，謠言已經跨越D班的圍牆傳了開來。也有越來越多學生說龍園是敗給了D班中的某人，為了報仇而在找人。

輕井澤要理解那個人就是我應該不需要多久時間吧。

「今天的正題也有關那件事。我想和妳道個歉。」

『道歉？』

「我至今是因為有明確理由，才會幫忙D班獲得點數。但就在剛才，我這麼做的必要性已經消失了。」

『哦？那麼意思是你今後會變安分嗎？』

「嗯。我打算把一切都交給堀北或平田他們。我不想被龍園發現真面目，然後被捲入麻煩的事情裡。有可能貿然引人注目的事情就到上次為止了。無論是要妳在卡拉OK裡幫忙也好、接觸櫛田也好，我真是給妳添了諸多麻煩。」

『這樣呀。意思是被抓去陪你的我也總算被釋放了呢。』

「沒錯。」

輕井澤至今替我辦事的程度超乎我的想像。

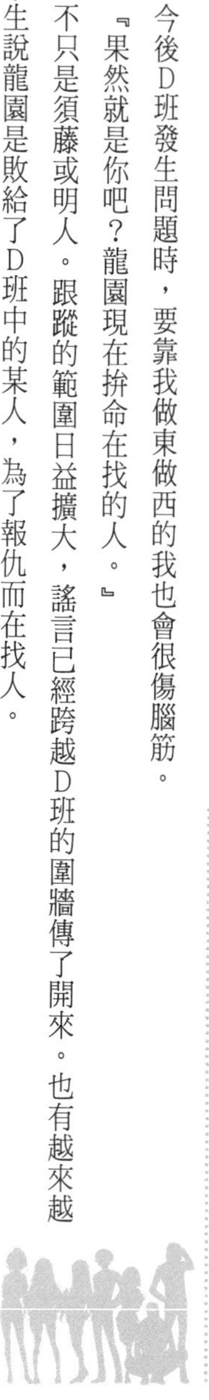

所以我才可以毫不顧忌地說出口。

「這大概是我最後一次主動聯絡妳了吧。」

沒錯，我明確地告訴了她。

『咦？』

然而，輕井澤的反應卻很遲鈍。

『抱歉。你剛才……說了什麼……？』

風也不是颳得很強，她是想說自己漏聽嗎？

「這是我最後一次聯絡妳了。」

我再次告訴她。

這次話應該有確實傳到輕井澤耳裡才對。

「我沒事情要拜託妳了，所以這理所當然吧。原本就沒人知道我和妳有交集。如果無謂地反覆接觸可是會遭人懷疑的呢。」

『是呀……這……嗯……確實是這樣沒錯……』

輕井澤語塞。

雖然輕井澤很擔心，但我卻自作主張地繼續說：

「萬一有不測的事態，我當然會按照約定幫助妳。我會遵守這點。為防萬一，緊急信箱就跟我之前告訴妳的一樣，妳可以先把它留下來。可是為免留下證據，妳就刪掉基本的東西吧。我這邊已經刪掉了妳的聯絡方式。」

『等、等一下啦。幹嘛呀，你說話怎麼突然變成這樣？』

「妳是指什麼？」

『再怎麼說，那個，該說這樣也太冷淡了嗎……』

「什麼冷淡，我和妳的關係應該本來就冷到不行了才對。」

如果我不插手真鍋等人的霸凌，我們根本就不可能產生什麼交集。

陰沉學生和強勢女生有著天壤之別。

「妳不是也很討厭被我使喚嗎？」

『這……是沒錯啦……』

輕井澤說話依舊很含糊不清。

何止是這樣，她更是逐漸增加了沉默。

「話題已經結束了，妳還有什麼要說的嗎？」

拖太久也沒好事。

我強行催促陷入混亂的輕井澤說話。

『……我知道了。』

她回應的情緒和接受有段很大的差距，但回覆就是回覆了。

但她好像領悟到這件事是沒辦法的，便把話說了下去：

『這也是最後一次像這樣和你講電話了嗎？』

「妳捨不得嗎？」

『那怎麼可能。』

「那就沒有任何問題了。」

我淡然且嚴肅地繼續話題。

不摻雜任何情感。

也沒必要摻雜。

『那我要掛掉了……』

即使是透過電話，輕井澤應該也強烈地感受到了這點。

她說要自己結束通話。

「那就這樣。」

『啊……』

輕井澤最後好像還要說些什麼，後來卻什麼也沒繼續說下去。

我等了幾秒後，就掛斷了電話。

接著刪除紀錄，並把手機重新收回口袋。

輕井澤寄生在我這個宿主身上得到了許多安心感。

如果被這樣的我給拋開，內心就會強烈地動搖。

她透過電話傳來的那股不安或孤獨感，恐怕將會日益增強吧。

假如她在這種不安定的狀態下被龍園盯上——

輕井澤惠的心靈幾乎無疑地會崩壞。

「雖然繞了各種遠路，但這下子回到入學當時狀態的軌道修正也算是開始了吧。」

堀北、輕井澤、龍園、坂柳都與我無關。

我大概已經不會積極參與往後的考試了。

只要收拾完剩下的問題就會結束。

不過，為了收拾那些問題，我無論如何都會需要「幫手」。

後來，我把我猜是屬於二年級學生的那個護身符託給了宿舍管理員，回到自己的宿舍。

7

我把吸附髒東西的濕拖巾從拖把頭上取下，丟進了垃圾袋。

洗過手之後，就坐到了床上。彈簧床微微地嘎嘎作響。

也因為接近年末了，我便利用假日做了大掃除。

我的房間本來就沒有多餘的東西，因此半天左右所有的作業就結束了。

「房間整潔真是不錯呢。」

應該有恢復到不遜於剛踏入這房間時的閃亮狀態。

我打開電熱水壺的電源，稍做休息。

使用剛擦亮的杯子會讓人有點猶豫，但這也沒辦法。

我拿出手機，試著連上學校的應用程式。

班級點數或個人點數顯示了出來。我毫無意義地看著畫面。

我決定在熱水煮沸的期間試著整理自己今後的事。

依序從最初開始。

我為什麼會入學這所學校呢？

是為了不回到以前的環境。

我並非對White Room的生活有所不滿。

雖然從人權的觀點去看，問題堆積如山，但至少那裡是可以接受最高教育的地方也是事實。多虧這樣，我才會形成「我」的這種人格，並且得以獲得方便的能力。

然而，我卻對父親稱作最高傑作的自己感到一股難以言喻的不滿。

我在想，假如我就是那種被稱作最強人類的存在……那真的是件令人高興的事嗎？

就是因為我一直都是以「有該學的知識」這種前提一路活過來，學習才有意義。儘管如此，假如上面的目標消失的話呢？那應該會非常無趣吧。

不過，那種事也無所謂吧。

我應該要思考今後該怎麼做。

我知道父親早晚都會來接觸我。我在茶柱老師夏天來透露退學的時間點就做好了覺悟。不過，我從那時開始就是半信半疑。

因為萬一父親真的來接觸，那不是茶柱老師袒不袒護的問題就會解決的情況。他不是那種班導之輩就可以對付的男人。

不過，從她知道父親的事情看來，我也無法斷言一切都是謊言。

因此，我就刻意表現合作態度，為了升上A班而使出了幾招。

水壺開始發出水滾的聲響。

但事到如今我釐清了茶柱老師的發言是由謊言塗抹而成。

想不到會是因為父親的登場。

這裡最重要的，不是她有沒有和父親接觸。

而是可以確信她威脅「我不服從就讓我退學」的這一點是謊言。

茶柱佐枝對自己的過去擁有強烈的心靈創傷，所以很想升上A班。

這和堀北或啟誠是一樣的。不，她是對A班更加執著的人。

那種人大概沒那種勇氣讓班上出現退學者吧。

不，我應該可以視為她一開始的行動就有同歸於盡的覺悟。到無人島考試縮短差距為止，D班都被迫處在很痛苦的立場。要抱持希望，機會實在還太渺茫。

她應該有不少如果無法利用我就乾脆同歸於盡的想法吧。正因如此，我才沒有完全識破那些逼真的話中藏著的謊言。

現在她的偽裝剝落，對我命令的力量急速地衰退且流失。

無論是A班還是D班都無所謂，對於目標是當普通學生過三年的我來說，繼續深入班級事務只會徒增麻煩。

事實上，一之瀨或坂柳這些成員都開始對我產生了興趣。不過，只要我現在成功淡出的話，她們大概就會馬上失去興趣了吧。

要說還有問題留著，也就只有龍園翔一個人了。

那傢伙如果找到我的話，才真的是可能會在附近鬧事，並且四處講出事實。

正因如此，不被知道真面目才會是最好的。

不過，那也已經不可能了吧。

我就算要切斷與輕井澤惠的關係，我們之間還是聯繫著看不見的「線」。

要是放著不管，龍園「某天」一定會把那條線給拉過去。

會是一星期後？一個月後？一年後嗎？

如果是那種不確定的「某天」，我這邊也會很傷腦筋。

水壺在發出啵啵聲通知煮沸，同時自動關閉了電源。

「……喝杯紅茶好了。」

因為以前有很多各式各樣的訪客，我的櫥櫃充滿了茶包。

咖啡、紅茶、綠茶乃至焙茶，裡頭無意義地備齊了變化廣泛的種類。

我把紅茶包丟到杯裡後，一樓就來了呼叫。

「一樓？」

假如是某個同學的話，應該會直接按玄關的門鈴。

我無可奈何地去確認，在那裡的卻是一張令人意外的臉孔。

雖然也可以假裝不在家，但我還是老實地應對了。

我才在想要主動見這個人物，結果對方就來找我了。

『我想借點時間。還是我改天再來會比較好？』

「……是可以，現在沒問題。」

但還真是來了一名稀客。

螢幕上映出的，是到前陣子都還在擔任學生會長的堀北的哥哥。

我解除了自動鎖，請他到我的宿舍裡。我在這段期間把剛煮沸的熱水與紅茶包一起注入了新準備的杯子裡。

不久，玄關門鈴便響了起來。

「我想避免站著聊天，你就進來吧。」

「我也這麼覺得。」

要是堀北看見這種情況，我可能會遭受到各種抱怨。

而且我也想盡量避免讓其他學生看見自己和前學生會長待在一起。

我招待堀北哥哥進房。

接他進到室內後，堀北哥哥馬上就發現到紅茶的存在。

「我正好想喝，所以就順便泡了。」

「雖然說是第一年，但你的房間還真是使用得相當整潔呢。」

「只是因為沒有東西。」

我應該不用說是今天特地弄乾淨的吧。

遺憾的是，或許看見垃圾袋隱約可見的濕拖巾們，或許我昨天、今天才在打掃的事情早就露出了馬腳。

「前學生會長特地來一年級宿舍，是找我有什麼事嗎？」

「下星期第二學期就要結束了。我剩下的校園生活也沒那麼長了。」

實質上把要上學的日子扣掉休假的話就是兩個多月。眨眼就會過完吧。

「在我離開這間學校前，我有話想要先告訴你。是有關於南雲雅的。」

南雲雅。雖然我覺得應該不需要說明，但他是二年A班，也是這所學校的現任學生會長。

我只知道他們在體育祭上的互動，還有他新上任時的致詞，但感覺他是在各方面上都很突出的人物。

但南雲還是什麼的，那種事都跟我沒關係。

「我不覺得你會有事要告訴區區一個一年級學生。我又不像一之瀨那樣隸屬學生會。」

就算我這麼說明，堀北的哥哥也毫不介意地說下去：

「我原本也不打算把這種話告訴任何人，可是狀況有點變了。」

狀況變了嗎？

「我一直很堅持這所學校一直以來構築的傳統。那是因為我認同這所學校的機制與規則，並且一直認為那是正確的事情。可是，南雲卻正在試圖顛覆那些基礎。明年，這所學校恐怕會充滿史無前例的退學人數。」

也就是說，雖然他還沒公開執行學生會的活動，但這也是時間問題了嗎？

「南雲一年級時，你就就任學生會長了吧？既然這樣，你應該也有拉南雲入夥的責任吧？」

「或許如此呢。」

堀北哥哥不否認地接受。

「我進學生會後犯了一個失誤。就是在培育繼承人上有了失敗。唯一讓我覺得有才能的就只有南雲，但他卻以和我的方針不一樣的形式大幅成長。其他二年級學生也能說是幾乎全在南雲的支配之下。」

「真是件怪事耶。我可以理解二年A班所有人都會支持南雲，但從其他班級看來，他應該是敵人才對吧。」

「也就是說，那傢伙已經拉攏了整個年級。」

我不曉得他使出了什麼戰略，但似乎做了滿亂來的事情。

「今年的一年級生裡，敲響學生會大門的有兩個人，就是葛城和一之瀨。雖然那兩人都是很有前途的優秀學生，我卻故意打算擱置錄取。正因為是純粹的優秀，我才擔心他們被放在南雲的支配下可能會受到影響。可是，南雲在檯面下蒐集消息並接觸了一之瀨。以結果來說，就是他強行把一之瀨招到了學生會。」

「你滔滔不絕地告訴我這種隱情，目的是什麼？」

「如果你拒絕站在表面舞台上，就利用鈴音吧。就像目前為止的考試那樣，你只要在暗中操縱鈴音就好。我會當進入學生會的橋梁角色。」

「這件事還真是亂來。如果你在學生會的話，你妹應該就會欣然接受了吧。現在學生會長退位了，她不會對學生會有興趣。再說，不管你妹妹進不進去學生會，我也什麼都不會做。」

我停頓了一會兒，含了口紅茶。

「你或前任會長們一直維持的傳統被改變，不也是時代的洪流或命運嗎？」

就算我不說，這個男人應該也很清楚這種事情。

「是啊，或許如此。」

我在話題的走向中也有許多無法完全掌握的部分，但也看得出一些事。

堀北學身為這所學校的一名在籍學生，無論如何都想要阻止學生會明年應該會做出的動作。

為此，他想要顧自己方便地利用我。

正因為這樣，他才會不請自來地來到一年級生的宿舍。

「打擾你了。」

他好像明明知道沒有任何武器根本無法攏絡我。

或許堀北哥哥的心裡已經毫無餘力，甚至令他做到這種地步。

「我可以姑且問問你的聯絡方式嗎？」

「什麼？」

我把手機從充電器上拔開，並拿來手邊。

「讓你妹進學生會，並由我暗中操縱的這件事，我想請你給我一些時間考慮。」

「你說你會考慮？」

「你是以會被拒絕為前提來拜訪我。我不起碼考慮一下也不太好吧？」

我意外地表現出積極態度，堀北的哥哥對此反而懷有不信任感。

不過，他沒有貿然地反問，就把聯絡方式告訴了我。

這應該也是他如此注目南雲雅的學生會的證據。

「如果我覺得合作也無妨，就會聯絡你。」

「我就不抱期待地等吧。」

結果堀北哥哥沒坐下半次，也沒喝半口紅茶，就離開了房間。

「雖然好像不必對學生會執著成那樣呢。」

雖然思考剩下幾個月就要畢業的人的事情也沒用，但我還是有點好奇。

8

星期六深夜，新聞報導說這個地區觀測到了初雪。雖然微微降下的雪似乎在天亮時就融光了，但殘雪在濕掉的水泥地上變成水窪留了下來。而且不可思議的是，儘管前一天下過雪，現在最高氣溫卻是二十四度，很像夏天。是就算穿短袖出門也幾乎沒問題的天氣。

「下星期第二學期也終於要結束了呀——總覺得有點沒實感。」

星期天，大家去觀摩了明人努力練社團的模樣。然後，我們綾小路組在回家路上約了明人，在櫸樹購物中心大玩特玩直到黃昏為止。我們隨意逛街並在咖啡廳裡閒聊。吃了頓午餐，又在卡拉ＯＫ裡熱鬧了一番。是盡情享受普通學生通常會做的事的一天。

「順帶一提……咳咳，啊——喉嚨好痛。」

「你連唱五首，唱過頭了呢，小幸。沒想到你唱得真好，嚇我一跳。」

「……我喉嚨痛的原因在於懲罰遊戲就是了。」

啟誠邊對抗喉嚨的異樣感，邊憤恨地瞪著波瑠加。

卡拉ＯＫ裡的菜單裡有各式各樣的東西，其中也有以懲罰遊戲為前提的餐點。

那是在六顆章魚燒中只放入一顆超辣口味，這種淺顯易懂的遊戲。

是抽中的人物必須把超辣口味吃個精光，接著馬上唱歌的這般謎樣遊戲。而且，還附加到唱完為止都禁止喝水的規定。

雖然本身意義不明，但因為會炒熱氣氛，所以作為遊戲也算是成立吧。

但是，這就遊戲來講太嚴苛了，算是該稱作「懲罰遊戲」的東西吧。

啟誠接連地抽到超辣章魚燒很有意思，所以我們就想實驗他究竟會連抽到什麼程度。而結果是五連中。

「真倒楣……」

總覺得如果只是那樣的話也意外容易發生，但算成機率就會是七千七百七十六分之一。

「不如說是很幸運吧？要不要想成今年的壞運都得以驅除了呢？你就想成是今年接著會有很多好事等著你。」

「什麼壞運，今年也剩下大約兩個星期就結束了吧……妳是故意的吧，波瑠加。」

波瑠加捧腹大笑，但還是有和一副不滿的啟誠道歉。

「抱歉抱歉，那就這麼辣啊？」

「我都以為嘴裡要噴火了……就算是超辣也該有限度吧。」

啟誠舌頭上好像還有辣味，因而作嘔似的吐出了舌頭。

「順道一提，我最後抽中支援了啟誠，味道還真的很辣耶。」

阻止六連抽這個偉業的是明人。

「那麼，我們以後就再去卡拉ＯＫ玩吧。」

對於再次的提議，包含愛里在內，三人都露出了不願的表情。

「是可以啦，但妳就算中了獎，直到最後都要好好吃下去喔。」

「我知道啦。提議的人怎麼可能做出卑鄙的事情呢。」

她顯然不怕抽到超辣。

再怎麼說，她也不會認為自己不可能抽到吧。

「妳對辣的食物好像滿有自信的耶。」

我對不斷表現出游刃有餘態度的波瑠加試著切入重點。

「啊，露餡啦？」

「妳也沒打算隱瞞吧……」

「我連超辣拉麵都可以吃得很輕鬆呢。不如說是很喜歡吃？」

總覺得只有一個人已經不處在懲罰遊戲的範疇裡了……

「我吃得完嗎……」

愛里在玩遊戲前就一直表達不安。

「沒問題沒問題。如果覺得難受的話，吐出來就好嘍。畢竟應該不會有男生硬讓愛里吃下去。」

她說得沒錯。明人和啟誠應該都不會強迫她吧。

「雖然小幸也是，但愛里妳也很會唱歌呢。妳真的是第一次唱卡拉ＯＫ嗎？」

「嗯、嗯。那個，雖然非常難為情……」

「之後再大聲一點就很完美了呢。」

愛里有點忸怩，但也下定了決心要努力。

「我們差不多該回去了吧。」

9

在這般充實的卡拉ＯＫ之行的回家路上。

時間還是五點前，但夕陽已經開始西下。

「因為白天很暖和，所以今天很多人都穿得很單薄呢。」

「畢竟白天也可以穿短袖。這也是理所當然。」

也因為今天很溫暖，所有人都是輕裝。

再過一小時就會完全變冷了吧。

「我很怕冷呢——」

波瑠加仰望天空抑鬱地說道。

她是在祈禱可以的話希望今天這種氣溫可以持續下去嗎？

「我也很怕冷……」

「我的話，稍微冷一點社團活動就不會流汗，會很輕鬆呢。」

當中感覺可以叫做冬天派的，好像就只有明人。

「明天起好像又會變冷了耶。」

「這樣呀。這下子也得做各種準備了呢。花費似乎會增加。」

隨著年底接近，或許也會開始真正地下雪。

因為我們這團一邊在閒聊，腳步變得很慢，這時背後傳來了人聲。

「謝謝妳今天願意陪我，坂柳同學。」

「不會不會，我也很開心。」

背後傳來這樣的對答。我回過頭，就發現一之瀨和坂柳這對稀奇的雙人組。

一之瀨發現我們這一團，就舉手前來搭話。

坂柳完全沒有看向我，而是看著我們整團在旁等待。儘管做出宣戰般的舉止，但她自體育祭以來就完全沒有動作的跡象。不過，坂柳的希望今後無論如何都不會實現了吧。

「這組合還真罕見耶，綾小路同學。」

「……是嗎？」

雖然那句話再怎麼想都是我這邊的台詞。

A班和B班。想不到敵對關係的領袖們假日竟會要好地待在一起。

「因為就我所看見的，你大致上比較常和堀北同學待在一起。看起來有點新奇。」

一之瀨環顧這些成員，然後這麼說：

「話說回來，上次考試你們好像贏過C班了呢，恭喜。」

Paper Shuffle的結果已經公布給所有班級了。

當然，A班和B班對決的結果也是一樣。

「雖然我們輸了呢——」

「分數差距只有兩分。我想我們幾乎實力相當喲。」

坂柳對結果補充似的說。

兩個上段班展開了一場精采的對決，但B班好像以些微的差距輸給了A班，A班維持著一馬

當先。差距確實擴大了。

「D班勝利也就代表第三學期開始或許會升上C班呢。」

「我們B班也得振作起來，或許馬上就會被超前了呢。」

「我們當然打算追上並且超前。」

面對玩笑半摻說笑的一之瀨，啟誠認真地吐嘈。

「然後，總有一天成為A班。」

坂柳面對啟誠的發言，只是閉上了雙眼並輕輕一笑。

雖然啟誠對那種態度很不愉快，但現在我們仍是D班。

他應該很清楚就算在這裡表現得強勢也沒有意義。

但該說是成員不太對嗎，這團的人都沒有和一之瀨很要好。再加上，他們都不是會白白陪笑或閒聊的那種人，對話自然而然就停了下來。一之瀨因而充分地領悟到自己在這個場面上是不需要的。

「啊哈哈，我們可能打擾你們了呢。回頭見嘍，各位。」

「失陪了。」

坂柳沒和我搭話，也沒和我對上眼神，便隨著一之瀨離去。

她好像不會在這場面貿然地做出透漏某些事情的不謹慎舉止。

「那兩個人是競爭對手吧？」

「先不說表達正不正確，但她們無疑是敵人呢。」

啟誠懷疑地推了推眼鏡，目送兩人的背影。

「該說真不愧是一之瀨同學吧？」

一之瀨不論和什麼學生都可以打好關係，已經是眾所皆知的事實。

「該怎麼說呢？一之瀨同學和我們住的世界是不一樣的呢……」

愛里緩緩說出這句話。

「同樣身為女人，我好像有點不喜歡她耶。」

「什麼啊，妳討厭一之瀨嗎，波瑠加？」

「不是討厭啦，雖然也不算喜歡。只是該怎麼講呢，該說她所有方面都太完美，或太過理想了嗎？要是沒有一些缺點就不可愛了吧？該說我希望她的內心是墮落的嗎……」

「沒有像樣的缺點，確實反而會令人毛骨悚然也說不定呢。但希望她墮落再怎麼說也講得太過火了吧。」

明人或許也同意這點，有部分像在附和波瑠加似的點了頭。

「是沒錯啦。但完美無缺的好人就算在漫畫世界裡也是讓人沒什麼興趣。」

波瑠加手插口袋，盯著一之瀨的背影。

「我……會忍不住希望那種人是存在的呢。如果一之瀨同學是小波瑠加剛才說的那種討厭的人，那感覺誰都不能相信了。」

愛里露出了不安的眼神，就像在說自己討厭那樣。

「是呀。就算是完美且溫柔到令人難以置信的人，也一定會存在於世上的某處吧。或許我只是對那種人在身邊沒有實感而已。」

波瑠加圓場似的補充。

「我們就快升上C班了。這麼一來下次一之瀨就會變成敵人。在這種意義上，她會變成無論如何都必須打敗的對手。我們最好別莫名護著她。」

啟誠這些話是對的。一之瀨人越好，就越是會變成一個難以對付的對手。

若是龍園那種簡單明瞭的壞蛋，任何人都不會抱持不必要的情感。

但如果是一之瀨，我們班可以毫不客氣地向前邁進嗎？

「……前途多舛嗎？」

要是升到上面的班級，就必然會被迫打這樣的仗。

背後應該也可能會有展開反擊的龍園等人襲擊而來。

堀北與一之瀨締結的合作關係，今後會變得如何也不明確。

只談理想論的話，我們會和一之瀨等人繼續攜手合作並攻下A班。

然後，在我們和一之瀨升上了A班與B班之後撤銷協定。

當然，雖然我也不認為會進展得這麼單純就是了。

高度育成高級中學

一年D班班導 總評

時間：12/1　班級點數：

262

暑假為止

D班沒有統籌性，就連跟同學合作的能力都沒有。部分學生過度相信自己的能力，有些人則一開始就放棄了努力。我可以看見前途多舛的未來。

無人島考試

D班往年受到班級整體能力不足的影響，在無人島考試上都會花光所有點數。雖然那是每年都會有的發展，但今年度的結果卻引起了眾議。然而，班級的統整性卻與過去相同，這是個因運氣好才得到的結果。

船上考試

因為是第一次和別班一起行動，我想應該製造了一次讓他們認知自己能力不足的契機。另外，藉由與平時沒交集的學生接觸，學生也會有一些對自己而言的新發現吧。

體育祭

班級首次攜手合作，應該是有向前邁進一步了吧。不過，今後提昇基本能力也是當務之急，可期望各個學生都有進一步的努力。

Paper Shuffle

從正面攻略考試，另外也透過謹慎地研究對策，表現出面對不測事態的機靈應對。不過，仍有許多學生沒發現這所學校的規則。我會繼續追蹤觀察。

超脫常識

寒假在即的某日。

巨大的颱風正準備登陸D班。

那是在茶柱老師示意班會結束隨後發生的事。

教室的門被打開後，龍園他們那群C班學生出現在D班。

對於意外的學生來訪，教室裡瞬間變得鬧哄哄。

茶柱老師瞥了龍園他們一眼，但立刻就離開了教室。如果他們馬上就引起大亂鬥就另當別論，但別班的學生來訪並沒有任何問題。

至今為止都拐彎抹角地觀察著D班的龍園等人一直沒得到尋求的答案，因此終於正面進入了D班。

還是說，他們是正在背地裡執行著我想像不到的戰略？

無論如何，他們前來使出強攻法的這件事都沒有改變。

原本在做回家準備的堀北也停下手邊的動作，盯著C班的學生們。

出現的人物除了龍園之外，還有石崎、山田阿爾伯特，以及小宮和近藤。

武鬥派的傢伙們集結至此，班級的氣氛當然會變得凝重。

「幹嘛啊，喂。這裡可是D班。」

率先對龍園做出反應的是須藤。原本就容易和人起衝突的個性應該多少也有影響，但這或許是想避免像以前那樣被人玩弄，而做出的純粹防禦反應。

最重要的是必須保護堀北——他應該是先有了這種想法吧。

須藤立刻起身，並上前逼進了龍園。

看著這些經過的平田好像很害怕發生暴力事件，所以連忙插入了兩者之間。

「你來找我們班有什麼事嗎，龍園同學？」

無法理解情勢的平田反問後，龍園就加上誇張的肢體動作開始說了起來：

「有什麼理由不能拜訪同年級生的班級嗎？拜訪朋友並前往自己班以外的班級，是哪間學校都會有的事吧。你們幹嘛這麼害怕？」

面對開口就是挑釁，與拖著各個凶神惡煞的人四處走動的這種明顯高壓態度，平田也依然冷靜地還擊。

「通常的確是這樣呢。但在這所學校裡狀況應該也會有點不同。至少你們到現在都沒有像這樣來拜訪過D班才對。」

平田想盡量圓滑地解決，表示只是把這次當作緊急狀況處理。

「那只是我們至今為止都太疏遠了。我在想今後要再稍微表示出積極性呢。」

龍園把手掌放在附近女生的桌上，並露出了潔白的牙齒。

「你們在Paper Shuffle考試巧妙安排了一番呢。拜此所賜，我們C班輸了。雖然結果尚未出爐，但你們第三學期開始或許就會升上C班了。真是了不起啊。」

「嘿。那應該也因為你是個自以為是的無能猴王吧。給我掉下D班吧。」

面對須藤插嘴，平田有些急忙地用手制止。

「那是因為我們有腳踏實地累積努力呢。」

「努力啊。與那個努力感覺無緣的須藤竟然存活到了現在，我真是搞不懂耶。我還以為他會最早退學呢。」

「你總算記住我的名字了喔。」

他們兩人眼神交錯，爭論激烈展開。

幾名準備要回去的同學，也因為始料未及的事態而僵在原地。

「可以說出你真正的目的嗎？」

從想試著盡早收拾事態的平田看來，他唯一想避免的好像就是龍園沒完沒了地說下去。不過，我們最好想成這種態度已經被對方看透了。

「我剛才是在有禮貌地警告你們D班啊。」

「警告？這是什麼意思呢？」

「我沒打算和不懂的人說明。還是說，你是在假裝不懂？」

這乍看之下是對平田的挑釁，實際上卻不是這樣。

龍園幾乎沒有看向平田，而是環視了教室裡。

如果目標不是平田，那就是我或啟誠，又或是明人他們了吧。

但是，實際上他就只有簡單地掃視過去，並且無視了那些人。

最後龍園視線所捕捉的，是個令人意外的人物。

那個人物不覺得自己被人看著——不，是毫不在乎，做完回家準備後便站了起來，並打算走出教室。

在任何人都因為龍園的登場而無法動彈的狀況下，那個人物的樣子簡直和平時沒有兩樣。

淺淺一笑的龍園對在稍後方等待著的夥伴使眼色，他們就立刻出了教室。

看來他們的目標人物就是那名學生。

龍園他們離開，門被關上之後，一口氣從沉悶氣氛中解放的每個同學都吵鬧了起來。

「欸欸，總覺得龍園好像會做出很不得了的事情耶！要不要跟上！」

「是說，那些傢伙是打算對高圓寺做什麼吧！」

沒錯。龍園找的對象就是D班的異端——高圓寺六助。

池和山內成了中心，擅自說起了各種妄想。

不過，最近櫛田還真是安分。

我知道原因是她與堀北之間的勝負輸了，不過她變得不太會出頭了。

當然，她也不是只是變得安靜而已。她現在也正在和其他女生聊著龍園他們的事，可是完全沒打算扯上關係。

堀北也完全沒對我說任何有關櫛田的事。

「剛才那樣實在不太妙吧？」

堀北來跟在想與龍園無關的事情的我搭話。

對盡量不想和C班有瓜葛的堀北來說，這好像也是無法坐視不管的案件。

「可能吧。」

雖然龍園一副有事找高圓寺的樣子，那也有點讓人掛心。

高圓寺看起來的確是個謎團重重的學生。

但就算外人來看，高圓寺替D班做些什麼的可能性也很低才對。龍園先是監視了許多人，現在卻露骨地試圖接觸高圓寺，應該有理由吧。

「清隆，要不要去看看狀況？」

前來出聲的是明人。

「再怎麼說他們人數也很多。說不定是打算做些什麼。」

「是啊……即使會有很多旁人的目光監視，但這也不是絕對的保證。」

萬一高圓寺被施暴的話，可以預防此事的D班可能也要負起沉重的責任。不是凡事都只有受學校懲罰才算是問題。D班學生的腦中應該會因此塞滿「要是有去救他就好了」這種後悔念頭吧。

我和明人走出走廊，啟誠也跟了過來。

「我也去。人數少的話很危險。」

堀北遲了點也獨自出來。須藤也以跟著堀北的形式跑了出來。

平田更是一臉擔心地出了教室。

看來，今天似乎會變成波濤洶湧的一天。

我請啟誠和明人稍等，接著和平田說了話。

「平田，你留在教室會比較好吧？說不定還會有其他學生跟過來。如果連池或山內那種會炒熱氣氛的學生也跟來，我覺得騷動也容易擴大。」

「……確實是這樣呢。可是，高圓寺同學沒問題嗎……」

「堀北也去了，啟誠和明人也在。最糟的是可能變成暴力事件，快變成那樣的話我會聯絡你。」

「啟誠同學？嗯，我知道了。請你們千萬別亂來喔。」

平田有點在意啟誠的名字，不過他沒有深究。

平田馬上掉頭回去亂哄哄的D班教室。

「這是很正確的判斷呢，清隆。人數再增加下去只會更費事。再說，請平田在班級裡安定人心應該比較適合。」

啟誠對於一堆人過去好像也持否定態度，對這個判斷同意似的點頭。

下一個問題就是高圓寺他們去了哪裡。

如果在校內的話，龍園他們也無法貿然行事。要動手就要在外面，但我也想像不到高圓寺會去哪裡。

「高圓寺放學後都會做什麼啊？」

「……誰知道。」

「我也不知道耶。」

明人和啟誠似乎也完全沒有頭緒，而歪了歪頭。

「應該沒人知道高圓寺的行動模式吧？」

畢竟他和大部分同學也沒有好好說過話呢。

「他通常都會直接回宿舍。」
「妳怎麼會知道那種事情啊？」
「因為我常常看見他回去的樣子。總之如果他出了校舍的話，我們各方面都會很辛苦。我們應該先前往玄關。」
說完，堀北就穿越我們走去了玄關。
如果鞋子還留著，也可以確認他待在校內，這樣在演變成大事前也可以爭取時間吧。
我們也不落後地配合她的腳步。
「或許真的會發生戰爭般的事情耶。」
須藤握緊拳頭，呼吸紊亂地對堀北說。
「別開玩笑了。D班和C班的集體暴力事件可讓人笑不出來呢。話說回來，怎麼連你都跟來了。」
「當然是因為我擔心鈴音妳啊。因為我聽說龍園連女生都會下手。」
「我的鍛鍊方式沒柔弱到需要被你保護。」
「妳別這麼說嘛。」
堀北不改強勢態度，表示自己可以保護自身安全。
只有半吊子的武道經驗才會比較惹男人憐愛呢。須藤的男子氣概也因此白忙了一場。

但須藤大概絲毫不認為堀北很強，所以也沒差吧。

「另外，雖然這是多管閒事，但我還有一件事要說。你要不要也擔心一下自己的社團活動？」

「沒問題啦。距離練習也還有點時間。我們趕緊找高圓寺吧。」

堀北就算想趕走須藤，他好像依然跟著不放。

「真是……抱著糾紛之源行動可是很討厭的呢。」

她小聲罵道。

堀北隻身前往敵營受傷的話，須藤無疑會理智斷線。

那麼一來，應該就會發展成無法與上次相比的巨大騷動。

如果類似的成員二度引起騷動，校方或學生會也不會留情。

這層意義上，我們應該把須藤的同行當作是最佳的選擇。

1

我們出了學校，來到位在回宿舍路上的林蔭大道。

剛迎接放學時間，那裡幾乎還沒有學生出現。

然而，那條回宿舍道路上卻有著我們在找的目標——C班的男學生們。

雖然剛才在教室裡沒看見，不過C班的伊吹好像也來會合了。

在那前方更可以看見高圓寺獨自朝著宿舍前進的背影。

他們似乎是認真打算對高圓寺動手呢。

拉近了距離的龍園對石崎下達指示，讓石崎去了高圓寺面前。

「看來他就如鈴音的推測那樣，人在這裡呢。我們趕快阻止吧。」

看見這幅光景的須藤向堀北請求指示。

「觀察一下情況吧。我們也還不知道龍園同學的目的。」

雖然這是龍園自己說過的話，但對別班學生搭話是理所當然的，沒有任何違規。

就算這個階段貿然闖入也得不到結果吧。

我們一邊接近龍園他們，一邊窺伺情況。

「喂，慢著，高圓寺。稍微借個時間。」

「你們要幹嘛？我可不記得自己有做出會被你們叫住的事情呢。」

高圓寺被石崎阻礙去路，雖然我看不見他的表情，但他的語氣和平時沒兩樣。

「這由不得你來判斷。」

「嗯。這的確由不得你來判斷吧。」

高圓寺環顧龍園C班那些成員。

眼神中完全看不見焦急或不安。

「你記得我吧？」

龍園就這樣雙手插口袋，與高圓寺面對面。

「我當然記得。你是C班的調皮鬼吧？」

「我上次放過了你，今天可要請你陪我，怪人。」

「抱歉呢，因為我那天很忙。」

他把頭髮往上梳並道了歉。這看起來實在不像是在道歉。

「但有件事我不能聽聽就算了。所謂的怪人是指我嗎？」

「除了你之外也沒別人了吧。」

「這話還真是令人費解，但在這場面上我就當作沒聽見吧。我可是很寬容的呢。不過我接下來有約，可以請你們長話短說嗎？」

「抱歉，請你把事情延後吧。」

「你是不打算讓我回去嗎？」

「是又怎樣？」

高圓寺稍做思考並雙手抱胸，但馬上就放開了交叉的手臂。

「我就在那裡聽你的話吧。」

不知道他是覺得擋住通往宿舍的歸途會妨礙他人，還是判斷逃不了了，高圓寺指著稍前方的休息空間。

「對我來說，哪裡都無所謂。」

「那就跟我來吧。」

帶頭的高圓寺引導似的稍微離開道路，移往休息空間。

在馬路上的話就另當別論了，但如果變得遠離旁人目光，我們就算在旁靜觀，嚇阻效果也很有限。

「我們也過去似乎會比較好呢。」

須藤聽見這句話，就想小跑步向前衝，但堀北卻稍微叫住了他。

「你必須避免不謹慎的謾罵以及行動，知道吧？」

「好、好的。」

再次受勸戒的須藤與堀北打了前鋒，前往龍園他們身邊。

我們遲了點也追上去。

堀北立刻叫了龍園。

「龍園同學，你打算在這裡做什麼？你要是隨意動手的話，可會馬上變成大問題。」

「呵呵。你們就這麼上勾還大搖大擺地過來啊？」

龍園回頭，彷彿從一開始就知道有誰跟過來。

接著逐一仔細觀察我方的成員。

盯上高圓寺是事實，但這恐怕也是為了鎖定他在尋找的對象的陷阱。

否則，他就不會特地帶武鬥派進入D班了。

他像在用煙燻逼人現身似的逐一選定目標。

「綾小路加上三宅，然後是幸村嗎？算了，還算是說得過去呢。」

「我也在啊，龍園。」

龍園隨便帶過地無視了拳頭相碰的須藤。

「平田怎麼啦。」

「誰知道呢。他應該沒興趣吧？」

「別說蠢話了。他正義感很強，就算人在這場面也不足為奇呢。」

「意思就是說，不是一切都會按照你想的進行。」

「好吧，今天就算了。」

龍園用下巴指示，讓石崎等人圍住高圓寺。

明人見狀，就毫不打算隱藏厭惡感似的嘟噥道：

「他簡直以為自己是國王。居然敢對同學頤指氣使。」

「抱歉啊，三宅。我的教養從以前就很不好了呢。」

龍園就這樣雙手插口袋接近了高圓寺。

「等一下。」

「等？妳要我等什麼？就如妳所見，我們什麼也沒做喔。」

目前，任何人都沒動高圓寺半根寒毛。

「你要調戲人是無妨，但既然這樣應該就不需要我吧？」

面對把人叫來又和別人說話的龍園，高圓寺指責道。

龍園不可能把堀北的忠告聽進去，於是便面向了高圓寺。

「是啊。今天的主角是你，高圓寺。而且你也欠我一份人情。」

「人情？很不巧，我可不記得呢。」

「都怪你通過干支考試，才害我們沒得到分數。」

他還真是清楚。他是在哪裡聽見這個傳聞的呢。

「哦哦，那個騙子遊戲啊。如果妨礙到你的話還真是抱歉呢。」

高圓寺儘管道了歉，心裡卻絲毫沒有歉意。

他光明正大地從懷中取出手拿鏡。
對C班的傢伙來說，這應該是讓人不太能理解的行為吧。
對於報以懷疑眼光的C班，高圓寺親切周到地回答：
「今天的風有點強。我是在確認這既nice又cool的造型有沒有塌掉。」
他左右移動了好幾次臉，檢查著自己的狀態。
「嗯……感覺有點凌亂，真是有失美感呢。不好意思，你可以拿一下鏡子嗎？」
高圓寺說完，就把手拿鏡遞給在他眼前的龍園。
龍園露出笑容，接下手拿鏡。
「把它面向我這邊。」
說完，高圓寺就從背包拿出小盒的髮蠟，並用指尖沾取，雙手開始做起造型。
對這幅異常的光景，愣住的C班都沒人有辦法吐嘈。
可是下個瞬間，這裡就響徹了強烈的聲響。
龍園像在往地面砸似的用力把從高圓寺那裡拿下的手拿鏡扔了出去。
龍園露出平時的笑容，同時抓住了高圓寺的手臂。
「你能維持那張怪人的面貌到什麼時候呢？」
高圓寺就這樣維持雙手整理頭髮的姿勢靜靜地嘆了口氣。

「真是調皮搗蛋呢。那個手拿鏡可是很貴的喔。」

「抱歉啊，我手滑。」

「呵呵，那也就沒辦法了嗎?那麼，請你把那隻捉住我手臂的手放開吧，這樣我無法好好做造型。雖然就算維持頭髮凌亂，我也依然是個好男人呢。」

在這劍拔弩張的氣氛中，龍園慢慢放開抓住高圓寺的那隻手。

在這地方發起誇張的行動風險太高了。

但我在龍園那種會極力進攻對手的作風中看不見動搖。

「你給我適可而止，龍園同學。」

「閉嘴，鈴音。我現在正在和高圓寺玩。」

「那只是你單方面在動手吧？他根本就不期望這些事。」

堀北謹慎地回收手拿鏡破掉的碎片，並且瞪著龍園。

「我來撿。妳的手可能會手傷。」

「我沒什麼關係。你有社團活動，受傷才會是個問題。」

堀北這麼說，拒絕了須藤的提議。

「妳別說傻話了。我怎麼能做出讓女人受傷的事。」

須藤強行推開堀北似的開始撿起碎片。

「就算你受傷，我也不會替你治療。」

堀北冷淡地說，但須藤還是毫不介意地撿了起來。

「我才在想是什麼事情呢，這還真是一群有意思的組合啊。」

然後，這場騷動沒有在D班和C班內平息。

A班的坂柳他們好像是聽見了騷動的傳聞，所以現出身影。

其中也有神室真澄，但剩下兩名男學生我就只記得長相而已。

「坂柳嗎……時機簡直就像是算好似的呢。」

少女停下腳步後，就把手上的拐杖「喀鏘」地輕輕拄著水泥地。

這實在變成了一場大陣仗的集會。

我們D班包含高圓寺在內是六個人，C班五人，A班四人。

形成了共計十五人的集會。

「我會來到這裡只是偶然喲。」

「別笑死人了。」

即使是龍園，他也一眼就看出這怎麼樣都不是偶然。

「話說回來，這裡有C班的主要成員外加D班的學生呢。你們接著是打算討論有關聖誕派對的事嗎？」

「滾一邊去，我還沒有事情要找妳。」

「你也可以不必這麼說吧？如果是派對的話，人多一點也會比較有趣喲。請問也可以讓我加入你們嗎？」

對於坂柳類似在挑釁的邀約，龍園完全沒有要理會的樣子。

「妳如果打算留在這裡，就不要礙事。」

「當然。我不會做出讓派對主辦人蒙羞的行為。」

坂柳稍微保持距離，在休息空間的長凳坐下。

A班三名學生在她前方坐鎮，簡直就像在保護坂柳。

不過，這種氛圍就算發生暴力事件好像也不足為奇……

休息空間附近沒有監視器。

話雖如此，如果稍微移個視線就會看見踏上歸途的學生們。

也不知道何時會有幾個人過來。

我很難想像會發生互毆。

至今都露出無畏笑容的集會中心人物——高圓寺六助，如此開口說道：

「觀眾增加是沒關係，但你可以差不多開始說了嗎？否則我就要請你讓我回去了。」

「等等，高圓寺。龍園同學說這次是不會讓你逃跑的。」

「抱歉啊。有種種阻礙，話題遲了些。進入正題吧。」

高圓寺隱隱一笑。

「從狀況推測——看樣子你恐怕是一心要打倒妨礙C班的人或統籌別班的人呢，不對嗎？」

「是啊。礙眼的全是敵人。我會擊潰他們。」

「然後現在D班裡出現了妨礙你的人物。你正在尋找那個礙事的人是誰。」

用不著龍園說，高圓寺好像也懂。

這男人明明平常除了自己感興趣的對象之外都不表示關心。這還真稀奇。

「沒錯。」

「那我不會被你看中呢。因為我對D班的未來和別班的未來根本沒興趣。我也不覺得自己有在至今為止的考試上特別完成什麼呢。而且我今後也沒那種打算。你理會這種人覺得有趣嗎？」

「這還真奇怪。那干支考試你要怎麼說明？證據都已經出來嘍。」

「哎呀呀，你知道的真多呢。」

干支考試——分到猴組的高圓寺漂亮地識破了優待者。

就算從結果理解是D班獲勝，要指定學生也很困難才對。

虧他能查到那些。

或者，這是從高圓寺被分到猴組所做出的推測嗎？

他也可能是透過高圓寺不否認的發言來確定。

「那是單純的打發時間。因為我沒打算參加好幾次那種麻煩的集會呢。我只是判斷讓考試結束才會是通往自由的捷徑。」

高圓寺拿出手機切到相機模式，映出了自己的臉龐。

看來他打算把手機當作臨時的手拿鏡來利用。

「既然如此，我無法排除你也有參加干支考試以外的競賽。換句話說，根本就沒有保證你沒在支配D班。對吧？」

「確實如此呢。不過，你若是會就這麼下結論的人，也就表示你是只有這種程度腦袋的蠢貨呢。」

石崎想對謾罵回嘴，但龍園笑著制止了他。

但我很佩服他答得很漂亮。

如果把無關聯的人擺在幕後黑手的位置上，確實除了蠢貨之外什麼也不是。

「呵呵，確實。如果你說的是真相，就表示你是個人畜無害的存在吧。」

「YES。你還真是懂事，我不討厭你呢，Dragon boy。」

坂柳笑了出來，她好像很在意Dragon boy這個字眼。

不過，龍園無視了這件事，把話題轉到不一樣的方向。

「如果我在這裡讓這些傢伙突然對你動私刑，你要怎麼辦？如果我因為干支考試而反過來恨你，而且打算毫無益處且無意義地使用暴力支配你呢？」

堀北就快要對不穩的氣氛表示反應，高圓寺卻在那之前就笑了出來。

「那才是nonsense的疑問呢。你不會在這場合做出那種選擇。在觀眾很多的狀況中施暴，好處未免也太少了吧？」

「真不巧，我即使在這種不便的場合也可以大鬧。我會把利益置之度外。」

「原來如此。那我就回答你吧。就算你做出那種選擇，為了保護我自己以及尊嚴，我應該會把所有上前的人都撂倒吧。」

「你是說你一個人就辦得到？」

「思考辦不到的理由才困難呢。」

遠觀的坂柳聽見有趣的對話便露出了微笑。

「看來我根本就不必推理，高圓寺好像不是X呢。這傢伙是個跟我性質不同的狂人。好像就只是這樣。」

「解開誤會是再好不過的。」

「但讓我問一件事吧，高圓寺。D班正在紮實地增加班級點數。一定會有個負責這個職責的聰明人。如果不是你的話，那會是誰？有在這些裝笨來到這裡的人之中嗎？」

高圓寺在此才初次對D班的我們瞥了一眼。

但他嗤之以鼻並聳聳肩，馬上失去了興趣。

「要我回答這問題也是可以——」

「可以打擾一下嗎？」

坐在長凳上的坂柳像在打斷高圓寺說話似的開口。

「你們在聊很有趣的話題呢。說D班中有學生在妨礙C班。我有聽過Dragon boy同學在找人的傳聞，那是真的呀？」

「我就叫妳閉嘴了吧，坂柳。還有妳下次再用那種叫法的話，我可是會殺了妳。」

「呵呵，不喜歡呀？我覺得這命名很棒呢。不好意思。因為實在是發生了我無法理解的事情，不知不覺就……」

坂柳輕輕一笑，並且毫不介意地說下去：

「你自己的計畫被D班的某人識破並且擊敗，不就只是這樣嗎？這所學校的基礎就是班級間的戰鬥。別班妨礙你也不是什麼不可思議的事吧？事實上我和你也像這樣一路戰了好幾回。雖然不曉得那個人是誰，但隱藏真身研究戰略也是很出色的戰鬥方式。你像這樣特地盤問不相關的學生並做出刺探舉止是應該的嗎？老實說，這只是很難看的行為。」

「我承認我的計畫因為X而亂了套，但問題不在那裡。這是為了把在背後偷偷摸摸動作的傢

伙拖出來才做的事情。這就是這種遊戲。」

「原來如此。你是說，像這樣做出近似恐嚇的行動也在你的計畫之中？」

「沒錯。如果有必要的話，我也不惜施暴。我很享受我的做法呢。」

「既然這樣，除了難看之外，這只會暴露出你的無能喲。我從真澄同學、橋本同學那裡聽說了各種事情。像是你在無人島上設下的作戰，以及你是怎麼輸掉的。只要準確地分析，他應該很明顯是不相關的吧？說起來，在無人島上活躍的人物，可是在那裡的堀北鈴音同學。你在找的真身不明的人物真實存在嗎？」

坂柳銳利的眼神與言語攻擊了龍園。

「……這難道不是他計畫亂套的藉口嗎……？」

A班的一名學生配合坂柳的步調似的低聲嘟噥。

「那樣也說得太過火了，鬼頭。龍園也沒那麼愚蠢吧。」

他好像是橋本。他這麼說給龍園台階下。

但龍園對坂柳他們的挑釁沒有表現出任何畏懼或動搖。

因為龍園從一開始就最清楚「那種事」了。

「妳才蠢吧，坂柳。妳讓我利用葛城締結了契約呢。」

龍園刻意沒反駁那個部分，並把話題轉到其他論點上。

這次換這邊來挑釁的意圖若隱若現。

「契約呀。我記得是『A班在無人島上接受C班的援助，並支付個人點數作為代價』嗎？具體內容則是『直到畢業為止，每個人每個月都要支付兩萬點』呢。」

對此，坂柳也毫不畏縮地應戰。

「啥？那是怎樣啊，你們在背後搞什麼啊！還這樣可以喔！」

須藤吼出了不平不滿。

「這在規則上沒有問題。畢竟是雙方班級接受後才簽下來的。這只是我們得到C班本應獲得的班級點數，並且向C班支付我們因此獲得的報酬……換句話說，就是支付個人點數給他們。」

我知道A班和C班在無人島考試上聯手，但代價不明。如果是這樣，這就確實是可能成立的交易。C班花掉所有點數，讓A班留下無人島上可以使用的兩百七十點（扣除因坂柳缺席的負三十點），相對要求了個人點數兩萬點。乍看之下好像是C班得利，但考試結束後，可以在班級點數上領先的層面很重要。因為決定班級順位的是班級點數。個人點數也可謂只是附帶給付的點數。意思就是說，雖然結果上是葛城失去點數，但當時如果沒有變成那樣的話，A班就有可能出現高於同等的成果。班級點數的領先就是這麼重要的要素。假如普通地度過了無人島生活，就幾乎不會留下班級點數。與B班之間的差距會拉得比現在還小。

不過，她怎麼會在這個時間點把沒揭露的事都說了出來呢？

這很可能是坂柳在玩弄龍園之類的。

應該是龍園瞧不起坂柳，坂柳也同樣對龍園還以顏色吧。

「內情曝光傷腦筋的不是我，而是你們。你們每個月沒完沒了地一直被拿走兩萬點的事要傳到別班嘍。」

「這事如果你想說出口的話，馬上就會傳開來了。我就算在意也沒用。而且說來表示締約想法的人可是葛城同學。」

她斷言與自己無關。這是當初不在無人島的坂柳無法防備的事。

不，雖然她也是有可能預先指示班級別做出多餘的事，但考慮到兩人的狀況，那會是故意讓葛城自由行動的嗎？

事實上葛城派在此時沉寂了下來，看上去是坂柳在支配著班級。

「可惡，C班每個月的零用錢都有受到保障喔。」

「別被迷惑了，須藤同學。C班完全放棄了原本可能得到的班級點數喔。這未必完全有利呢。」

「真的是這樣嗎，鈴音？實質上那和我們在無人島上得到班級點數兩百點沒兩樣耶。而且，那些點數收入只要A班沒有完全垮台，就會永遠持續下去。」

「不對，這是似是而非。你得到的是個人點數，與班級點數完全無關。」

如果以Ａ班為目標，龍園就確實完全沒利益。這點堀北的主張可以說才是正確的吧。但一個月八十萬左右的點數，也就是說八十萬左右的錢就會從Ａ班流入Ｃ班，這可是很大的事件。

就算今後Ｃ班失去班級點數變成零點，最低限度的收入也會受到保障。雖然說被坂柳派逼入了絕境，葛城還真是漂亮地中了圈套。

「討論結束沒？你們好像很愛互相鬧著玩呢。我不打算否定這些事情，但唯有繼續妨礙我的這點，可以請你們停止嗎？聽你們沒意義的高見而被占用時間很令人不愉快。」

「等等，高圓寺。你還沒說出你的答案。」

高圓寺想起似的稍微仰望天空。

「你是指Ｄ班裡的聰明人物啊。老實說我沒思考過……但無論如何我不回答都會比較好吧？你不惜犯下風險也要追尋那個答案，是吧？假如可以的話，我很不想做出剝奪樂趣的行為呢。因為我只是在這所學校謳歌著青春。如果這間學校可以讓我興奮起來就另當別論了，但這裡好像實在無法令我期待。若是這樣的話，我就要和美麗的女性們墜入各式各樣的戀情並提昇彼此，然後不斷追求自己的美麗。就只有這樣。」

「換句話說，你是說你不會參加班級間的抗爭？」

「至今為止、從今以後都不會。我想自己最初就是這麼說的呢。就我看來Ｃ班和Ａ班都一樣，因為在場的你們都很無趣呢。」

「你說啥！龍園同學，這傢伙從剛才就在瞧不起我們耶！我們給他點顏色瞧瞧！」

石崎被小看，而向高圓寺舉起拳頭。

然而，有個存在卻比龍園更先因為高圓寺的話受到影響。

坂柳至今都笑嘻嘻地亂插嘴，卻好像有點介意高圓寺的某句話。

「我有點無法當作沒聽過呢。Dragon boy同學就先不說——」

她這麼說，龍園隨後迅速與坂柳拉近距離。

接著毫不客氣地猛烈一踹。

「噢——！」

橋本急忙插入坂柳與龍園之間用左手臂防住這記踢擊。

但他因為強烈的一擊而被彈出，接著倒到水泥地上。

假如橋本沒有介入，龍園很可能就會認真地把坂柳的臉給踢飛。

面對龍園，剛剛被橋本稱為鬼頭的A班男學生手碰著白手套進入了戰鬥姿態。

「我惹你不高興啦？」

「我應該說過了，妳再叫一次我就殺了妳。」

「給我適可而止。你剛才的行動可是大有問題。」

堀北目睹施暴瞬間而做出警告，但阻止的人卻是坂柳。

「剛才有什麼問題行為嗎，橋本同學？」

「不，是我自己跌倒而已。」

橋本一面拂去衣服沾上的髒汙，一面緩緩站起。

「他是這樣說的喲，堀北同學。」

「唔……龍園同學和你們都不正常呢。」

坂柳統率的A班對於暴力行沒有表露出不平不滿。

何止如此，他們更散發出打一場架也無所謂的氛圍。

「抱歉，龍園同學。我玩笑開過頭了呢。」

她這麼道歉後就望向了高圓寺。

「言歸正傳，包含我在內都很無趣，這話是什麼意思呢？」

對坂柳來講，比起眼前的龍園，她好像更在意高圓寺的話。

龍園也是一副掃興的樣子離開了坂柳。

「真是的，到底是怎樣的一群人……」

堀北會動搖傻眼也情有可原呢。

聚在這裡的全是一群難以應付的人物。

「你就這麼不喜歡我這一句話啊，Little girl。」

高圓寺面向坐在長凳上的坂柳，攤開掌心並用指尖對著她。

「呵呵，Little girl嗎？命名品味還滿不錯的呢。」

龍園彷彿在回敬Dragon boy這件事似的嘲笑道。

「你叫做高圓寺同學吧。你英文的用法錯了喲。我並不是幼女。」

「呵呵呵，決定這件事的不是妳，而是我。這不是錯誤的用法。只要妳符合稱作girl的年紀與體型，我就會那麼叫妳呢。」

「那才是錯誤的呢。就用法來講Little girl是只會用在國小女孩子身上的字眼。這個世界是不會允許你恣意妄為的。」

「不被常識拘束就是我的作風。」

他颯爽地把頭髮往上撥。

「……你給我適可而止，高圓寺。」

鬼頭前進了一步。

他再次打算脫下白手套般的東西。

我一開始以為他是為了禦寒才戴上，看來好像不是。

「那傢伙幹什麼啊。拿掉手套會有鬼跑出來嗎？」

「那是什麼啊？」

須藤忽然說出了鬼這字眼，我不由得反問。

「你不知道喔？以前流行的漫畫裡有啊。有一部脫下白手套就會有鬼跑出來跟惡魔戰鬥的漫畫啊。」

我完全沒聽說過這種事，但說起來我也沒看過漫畫。

「我沒有事要找A班。妳現在就讓開吧。」

「就不能至少讓我訂正他的言行嗎？」

「呵呵呵，雖然圍繞在我身上的爭執也不錯，但很遺憾，無論男女我都只對年紀大的有興趣呢。」

坂柳、龍園這些代表班級的學生都被高圓寺一個人耍得團團轉。

常識不管用在某種意義上應該是最強的吧。

匹敵暴力、謊言的新強項，說不定就是「超脫常識」了。

「看來今天先解決你真是太好了呢。你走吧。」

面對高圓寺，就連龍園都相當耗體力吧。

他好像知道無法繼續引出資訊，所以才催促高圓寺離開。

「那我就恭敬不如從命了。See you。」

那個颱風說不定不是龍園，而是高圓寺才對。

騷動突然終結，隨後籠罩著寂靜。

「看來參觀結束了呢，我們回去吧。」

「妳就期待第三學期吧，坂柳。」

「如果你確定打敗了D班，我隨時都會奉陪喲。」

坂柳留下這些話之後，A班學生們也回去了。

「我們也離開吧，堀北？」

「是呀……我無法繼續奉陪了呢。」

須藤撿起大部分的碎片，地上姑且可以說是恢復原樣了吧。

「可是，他好像比我想的還對高圓寺同學不感興趣呢……」

堀北好像也感受到龍園行動的不可理解之處。

另一方面，這份疑惑也傳導到了C班。

「……讓他輕易走掉好嗎？」

「如果那傢伙是我在找的對象，我才不會讓他走。」

「我是覺得看起來很可疑呢。畢竟他是個讓人搞不懂在想什麼的傢伙，他講的話不也可能是謊言嗎？」

「那傢伙的想法與我不相符。因為X那傢伙和我的思路相近，我不認為是高圓寺在背後操縱。說起來那傢伙像是有和堀北聯手並發起行動嗎？」

「這確實難以想像。既然這樣你為什麼要盯上高圓寺？」

「嗨，你們是怎麼看高圓寺的？」

龍園把視線從高圓寺的背影移開，露出了陰森的笑容往這裡看。

「你從剛才就在胡說些什麼？真是意義不明。」

須藤無法理解龍園的行動，他邊用拳頭挑釁邊怒瞪著對方。

「笨蛋就滾一邊去啦。」

「你說啥！」

堀北用眼神與手制止須藤。

「龍園同學，你的行動脫離了常軌，令人難以理解是事實。」

「既然這樣也就表示我的行動是正確的呢。」

龍園就算被嚴厲指責也毫不在意。

何止這樣，他甚至讓人覺得越來越享受其中。

「我今天大幅縮減了候選名單了呢，鈴音。那個潛藏在妳身後的人物。」

「不管你說什麼，我都不會聽。畢竟光是奉陪你就是浪費時間。倒是今後可以請你別靠近我的同學嗎？」

「要不要靠近都是我的自由。我根本沒有違規。」

動不動就犯規的人，以規則當作擋箭牌。

「不過，這個遊戲也快結束了。妳就期待結局吧。」

龍園這麼總結，只稍微看了坂柳一眼便離去。

「看來他總算是回去了呢。我們也回去吧。我會暫且把經過也告訴平田同學。」

「可是，龍園那傢伙是怎樣啊。他想幹嘛？」

「誰知道。應該根本沒人會知道他想做什麼。」

看來龍園心中好像備齊了所有準備。

我這麼切身感受，邊目送龍園他們的背影。

高度育成高級中學

一年C班班導 總評

時間：12/1　班級點數：

542

暑假為止

龍園翔擔任班級裡的領袖職位，同時給了我穩固班級方針的印象。另外我很期待班級會透過他就任領袖而表現出安定的成果。

無人島考試

領袖龍園翔執行了自己訂下的作戰，更以不會給學生們強加負擔的新穎點子熬過了容易變得很嚴酷的考試。我想對此予以讚賞。

船上考試

我想對他們從無人島上無法得到點數的情勢中逆轉，得以拿下最優秀成績的這件事情坦率地予以肯定。

體育祭

藉由各種點子與工夫燃燒了盡可能取勝的執念。

Paper Shuffle

雖然兩班在學力上應該幾乎沒有差距，卻敗給了D班，我覺得很遺憾。我希望他們以此為契機在第三學期重新振作起來。

「班會在這裡結束。寒假中也要有身為本校學生的自覺，請各位有分寸地度過每一天。以上。」

我隨便聽聽坂上那些可貴卻無意義的話，掏出了手機。

該動手的日子總算到來了。

那就是第二學期的結業式。這天上午就會結束所有行程，並且迎接放學後。

這一天社團活動休息，是校方也會催學生快點回去的日子。

換句話說，校內學生多半都不會留下來。

「能刪的傢伙都刪掉了，但也依然留下了將近十個可能的候選人物嗎？」

雖然其中也摻入了幾個我沒說過話的人，不過那也沒辦法。

不利用輕井澤就找到對方才最為理想，但X實在沒讓我逮到證據。

「不過，反倒該說是樂趣增加了嗎？」

老實說，雖然我心裡已經有了個底，但現在在此鎖定也沒有意義。

還不如把腦袋放空迎接X才比較刺激且有趣。

我在Paper Shuffle考試後發起了某樣行動。

我動員C班所有可以策動的傢伙，讓他們纏著應該監視的目標。

但是，我並非想透過讓他們監視來接近X的真面目。

另外考量到演變成大問題的風險，我刻意沒安排他們尾隨懦弱的男女。

要監視的也只鎖定在須藤或三宅那種不良類型。

或是只先監視了平田那種害怕問題擴大的保守人士。

光是這樣，D班那些人也會發現我行動的危險性。須藤的話是因為他的腦筋比我想像中還要差，所以才會需要我費功夫直接去挑釁。

總之，關鍵在於要總是讓X意識到「我正在盯著」。

那傢伙應該每天都過著戰戰兢兢的日子吧。

那種「真面目或許會被人知道」的恐懼。

X至今都用鈴音偽裝，並固執地一直隱藏真面目。

總之，X是個害怕自己暗中操縱D班一事暴露的人物。

既然如此，我就要一點一點地把X逼得走投無路，一點一點地打擊那傢伙。

這種感覺X不可能不覺得恐怖。

還有另一件事。雖然我刻意告訴X我盯上了輕井澤，X卻依然沒有立刻動作。

那傢伙的精神在這兩星期左右應該不斷地耗損。我會如何接觸輕井澤？會如何探聽？X大概會和自己的弱點輕井澤詢問每天的進展，並打聽有無異樣的變化吧？想著逼近自己真面目的我會做出什麼行動。X無庸置疑會只想著這些事。

那會超乎想像地疲憊，然後帶來一種混亂。

那傢伙會無法正常地判斷自己被發現到什麼程度，而且疑神疑鬼。

而今天——就是捉住陷入恐慌的X的最佳日子。

短短幾分鐘，班上超過一半的學生就開始踏上了歸途。

裝飾在教室裡的時鐘指針走得比平時慢。

學生一個接著一個離開了學校。

「呵呵……」

我感受到胸口的悸動。

感受到這幾年不曾嚐過的振奮感。

我想起上次被伊吹問的事情，

她問我為什麼想特地冒險找出X。

伊吹說就算找出來也幾乎沒什麼意義。

看清楚X的真面目後，就確實沒有下一步了。

喔喔，原來是你啊——我想大概會這樣就結束吧。

但那只限於一般人。

我至今為止研究了好幾個戰略，並和D班做了對決。

就算我不願意也會了解X是個與我思路相似的人。

除了我之外，我目前從沒見過會有這種傢伙存在。

這份興趣驅使我走到這一步。

知道X是誰並與那傢伙見面時，我的身上會出現什麼變化呢？

我想知道自己想追求什麼。

可以見到讓我如此享受的X。

這讓我的胸口悸動不已——甚至讓我想到了初戀。

若是為此，我便會不擇手段

今早寄去的郵件已經有了已讀通知，信一定已經寄達了那個傢伙。

X知道今天接下來會發生的事情，那傢伙會展現出怎樣的策略呢？

「龍園同學。」

站在動也不動的我身旁並前來搭話的人，是椎名日和。

「幹嘛？」

「今天大家的樣子都滿不沉著的呢。」

說完，她便張望四周。

留下的學生全是在我周圍活動的人。

「你接著打算做什麼呢？」

「我要和讓我這幾個月很享受的人物見面。妳也要來嗎？」

「不，我就不用了。畢竟看來也不太有趣……」

「再說……」她這麼補充。

「你就真的非得把對方逼入絕境嗎？」

「啊？」

「……不。這是由班級領袖的你來決定的事呢。」

日和好像自己下了結論，於是便邁步而出。

「我人會在圖書館。如果傷腦筋的事情，就請來聯絡我。」

「那也不是妳幫得上忙的事啊。」

「說得也是呢。那麼，祝你有個美好的寒假。」

日和沒有膽怯，並以自己的步調淡然地說話接著離去。

她雖然聰明，不過很討厭紛爭。
我原以為可以順利地利用她，但她作為我的棋子還是派不上用場。
倒是服從我在行動的那些人好使喚多了。
準備完畢的棋子接連聚集過來。
「時間到了呢，龍園同學。」
石崎看起來有點不沉著地這麼說。
「你們就盡情享受吧。」
我讓石崎拿著背包。裡面放著不可或缺的物品。
伊吹和阿爾伯特也站了起來。
不必太多人前去那裡。
我需要的是最低需要的人數，以及口風緊的人。
因為我接下來要做的，是跟這間規矩的學校非常不相稱的行為。

班會結束經過三十分鐘，進入寒假的校內幾乎就人去樓空。就和暑假時一樣，學生們都同時離開了校舍。

就算光明正大地移動，也幾乎沒有人會意識到我們。

「所以……你打算去哪裡？也差不多該告訴我們要做什麼了吧。」

這次的作戰，包含伊吹在內，我沒有告訴任何人。

伊吹他們只知道我指示石崎他們監視三宅那些人。

畢竟到頭來他們也沒發現我逼近高圓寺的真正理由。

我一直閉嘴不說，是因為無法消除真鍋她們那種間諜潛藏在C班的可能性。為了隱藏真面目，那傢伙一定會無所不用其極。

我只是為了確實把X逼到絕境，才隱瞞了正式的任務。

「妳很好奇嗎，伊吹？」

「你也替被抓來陪你的人想想。都怪你亂搞，我才總是替你捏把冷汗。」

繼伊吹之後，石崎好像也很好奇我的真意，於是就靠近了我。

「還記得輕井澤的事情吧？那個女人是真鍋她們被當作間諜利用的原因。」

「是D班那個很吵的女人吧？那點事情我知道。」

如果是無人島考試上潛入D班的伊吹，她應該很清楚吧。

「我今天用郵件把那個輕井澤叫到了屋頂。信箱是我從也有和輕井澤往來的女人那邊問來的。當然，我有讓她知道那是我寄去的信。」

有往來的女人……我刻意隱瞞了那傢伙的名字。因為我判斷還不必跟任何人說「櫛田桔梗」的事情。

「啥？屋頂？輕井澤怎麼可能赴你的約啊。」

「她一定會來的。因為我信上寫著，要是她不來的話就要暴露她的過去。」

如果公開她過去被霸凌這種慘事，周圍就會引起一陣騷動。

想到現在的地位岌岌可危，她也只好抱著有危險的覺悟過來。

「輕井澤就算過來，你認為這樣就問得出X的真面目？」

「嗯，通常是不會招的吧。」

X應該答應了輕井澤會從包含真鍋等人在內的敵人手中保護她。

「我也寄郵件給X了。說今天接下來要把輕井澤叫出來，並問出X的真面目。說為此我會不擇手段。這樣不只是對輕井澤，也同時會對X造成威脅。」

「可是啊……輕井澤收到你的恐嚇信了吧？如果她拿著那封信去跟校方打小報告，你要怎麼辦？如果X教唆她的話，她或許就會那麼做。」

「你有沒有想到那裡？」伊吹挑釁地瞪我。

「她不可能會那麼做。要是做出那種事，我這邊就會直接暴露輕井澤的過去。不管輕井澤採取什麼手段都沒辦法制住我們。」

唯一的對抗辦法，就是輕井澤或X直接赴約並說服我。

「要說有最糟的劇本，那就是輕井澤沒出現，X也沒現身的情況了。不過，這樣我就會去享受輕井澤之後會變得怎麼樣這件事。」

「雖然我是覺得風險很不合算呢……」

「未必是這樣。擊潰輕井澤，也會連結到擊潰X的棋子。因為那傢伙好像在利用輕井澤，讓她執行各種詭計呢。」

「你為什麼會知道這種事情呢？雖然我是知道X確實為了保護輕井澤，而威脅了真鍋她們……」

我也是最近才發現輕井澤是那傢伙的棋子。

正因為發現了Paper Shuffle時的不可思議疑點，我才會得到這項結論。

「呵呵。好了，你們就期待吧。就先不談X了，但害怕遭到霸凌這件事曝光的輕井澤絕對會現身。」

「就算輕井澤就如你所說的出現在屋頂……那麼我們具體上要怎麼做？雖然我剛才也問過了，如果沒能問出真面目呢？」

雖然伊吹和石崎都很好奇這件事……

「根據真鍋她們的話，輕井澤以前好像遭遇過相當痛苦的霸凌。把經歷過殘酷事情的人擺在類似的環境下，那個人似乎就會失去理智。既然這樣我就來重現並製造出那種狀況。就由我們來盛大地招待她。然後在她說出X的真面目為止都要糾纏不休地不停攻擊她。」

「莫非……你是打算要我們對輕井澤做些什麼？這可不正常耶。」

「這樣很亂來喔，龍園同學。連須藤那時都變成了問題，這次居然還要多人欺負一個女生……說起來屋頂可是有監視器的！」

「那種事情我很清楚。為此我有思考了對策。」

我登上通往屋頂的樓梯。

在途中回頭看了在我身後猶豫不決的伊吹與石崎。

「你們如果不想要的話也可以逃跑喔。」

「我、我怎麼會逃跑。我會跟隨龍園同學你的！」

「妳呢，伊吹？」

「這就要取決於你接下來的策略。我如果覺得危險就會退下。」

這傢伙以前好像就很好奇關於X的事情。

我在通往屋頂的門前讓伊吹他們待命，並從石崎手上接下背包。

我從裡面拿出必要的道具，接著再次讓石崎拿著背包。

「那是……！」

「等一下。」

我獨自打開屋頂的門扉。

雖然全年開放屋頂的學校很罕見，但那也是有理由的。

因為這裡不但裝設了牢固的柵欄，還常備著監視攝影機。如果引起伴隨危險的問題行動，馬上就會作為紀錄留下來。

學生當然是因為清楚這點才會安分地利用屋頂。不過，屋頂是整年人都很少的景點。這所學校裡有咖啡廳或購物中心這般無數個受歡迎的地方，會想特地來這裡的怪人大概也只有我了吧。

但裝設攝影機的地方很有限。

只有出了屋頂的門外上方有設置。

在很少能藏身的死角的屋頂上有一台就很足夠了，但反過來講這台變得無法運作的話，監視設備就會消失。

我站在監視器的正下方直視攝影機鏡頭。

然後，拿著預先準備好的黑色噴漆罐對著監視屋頂的監視器一噴。

屋頂的監視器和校舍的一樣，都是防敲擊的半球型監視器。強韌ＰＣ材質的鏡頭保護殼加上鋼製機身很能承受破壞行為。但可以讓防犯監視器無效的未必只有破壞行為。只要一瓶噴漆罐就夠了。

噴漆眨眼間就附著在監視器的外殼上，把視野染得一片漆黑。

再怎麼耐撞擊的堅固監視器，都會變得無法錄製影像。

「這樣監視攝影機就沒了。」

我也都預先調查了校方施行著怎樣的監視體制。

校內設置的數百台攝影機裡有被即時監視的就只限於主要場所。學校不會馬上就察覺異常事態。

我以前也曾同樣在別處用噴漆噴滿監視器，然後向坂上自首，並且受到了懲罰。結果就只有被沒收點數當作監視器的修理清潔費，還有受到勸誡而已。然後，我就在那時探聽出了監視器是不是總有人看著。

尤其今天大部分學生都已經踏上歸途，校方的戒備會更鬆散。

「阿爾伯特，你在下面一點的地方待命。輕井澤過來就讓她通過。反之，如果有不速之客……也就是老師那些人過來的時候，就馬上用手機聯絡我。」

阿爾伯特靜靜地點頭，接著下了樓梯。

為防萬一先安排人把風也可以應對不測的事態。

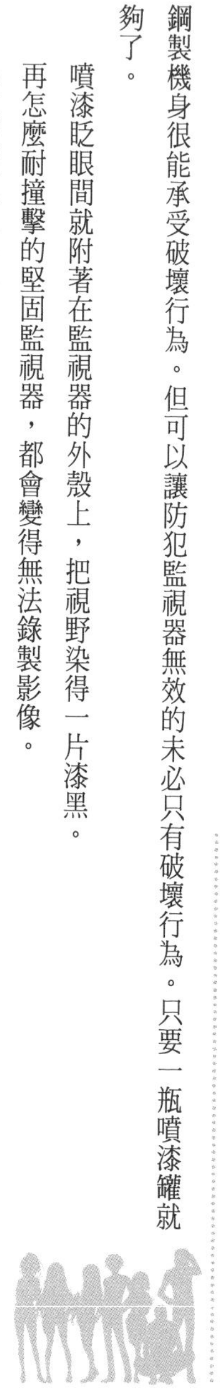

「你把監視器噴滿噴漆了呢……這樣不是會被懲罰嗎？」

「這只是惡作劇，不會受到太大的譴責啦。」

「要是輕井澤會如你猜的那樣過來就好了呢。」

「她會來的。這對她而言是攸關存亡的問題，她才沒辦法放著不管。」

接下來，只要等待預定時刻到來就好。

2

時間接近下午兩點，距離約定時間稍早前，屋頂的門扉被打了開來，並出現了一名學生。

冷風吹拂著今日主角。她因而僵了一下身子。

「呵呵。我就覺得妳會過來呢，輕井澤。」

我關掉手機畫面，把它收到口袋裡。

伊吹和石崎有點緊張地轉身面向輕井澤。

「……今天早上你寄來的信是什麼意思？」

「那也不是事到如今才要反問的問題吧。妳應該是理解內容才來到這裡。」

我寄到輕井澤信箱的郵件內容如下：

『我從真鍋她們口中聽說了妳過去的一切。放學後一個人來屋頂。妳要是找人商量的話，明天我就會在校內洩漏關於妳過去的謠言。』

只要提出真鍋她們的名字，光是這樣輕井澤就會理解內容了。她也不得不理解。

「妳有依照約定保密過來嗎？不，妳也只能保密過來吧。因為妳可不能讓任何人知道自己的過去呢。」

或許她只有急忙通知知道祕密的X自己陷入窘境，但那怎樣都無所謂。我剛才也和伊吹他們說過，我已經有寄信給X了。

說今天要對輕井澤行刑，以及追究X的真面目。

也就是說，輕井澤求不求助都一樣。

「不過，妳果然是一個人嗎？」

「你不是叫我一個人來嗎……」

「呵呵，是啊。」

原本就徹底隱瞞真身的傢伙應該也不可能會貿然現身。

輕井澤無法對X以外的其他學生尋求協助。

因為這樣就會暴露自己的過去，隱藏真身的X也一樣。

換句話說，他們兩者的行動都會深深受限。

「欸，我完全搞不懂這是怎麼一回事……天氣很冷，我想趕快結束話題。」

輕井澤用掌心搓著雙臂。表現得一副狀況外也是多此一舉。

「既然這樣妳幹嘛來到這裡？無視應該也是一種辦法喔。」

「這——我只是不想被散布無憑無據的謠言。」

她好像極力地故作鎮靜，但這當然很明顯是在虛張聲勢。

「無憑無據的謠言？在場所有成員都知道喔。知道妳是到高中才轉變形象，而且妳之前是被霸凌的人呢。」

「……」

就算她想隱瞞到底，但真相如果被端了出來，就會在態度上表現出來。

「被真鍋她們知道是妳運數已盡。妳要恨就恨自己沒好好處理。」

「……你的目的是什麼？威脅我會有好處嗎？」

「我是在打發時間。如果我這麼講，妳要怎麼辦？」

面對從容不迫的我，輕井澤的內心已經沒有餘力。

「如果你對我做了什麼……我一定會馬上跟學校告狀。」

「喂喂喂，妳就是因為辦不到才會自己來到這裡吧？沒向人求救就過來。」

「……龍園。你這麼得意忘形好嗎？對方或許也有某些策略。」

伊吹懷疑她獨自現身屋頂或許有些詭計。

「輕井澤頂多只能依賴X。妳不用做出多餘的戒備。假設輕井澤要錄下和我的對話也好、要錄影也好，那種東西也不可能會變成王牌。因為她最害怕的就是過去被抖出來。只要我們不洩漏那些事實，她就只能完全不抵抗呢。」

「可是——」

「好啦，閉嘴。」

我很清楚伊吹想要說的。

真鍋她們被抓住了霸凌輕井澤的證據並受到威脅。被迫答應今後停止霸凌行為，以及不告訴任何人，而且還遭到對方利用，自掘墳墓似的被對方誘導洩漏C班的消息。

換句話說，伊吹正在擔心這次會不會換我們被掌握證據並受到威脅。

不過，這種事情是不可能的。

「輕井澤被霸凌的過去」。

只要知道這種武器的使用方式就沒什麼好怕的。

因為這種情形下，把我們逼入絕境也會連帶把輕井澤逼入絕境。

然而，與危險一體兩面也是事實。這是把雙刃劍。

如果只是要暴露輕井澤的過去，我就沒必要像這樣威脅。

以現有情報為基礎鬧事的話，應該就可以獲得一定效果了吧。

但假如暴露出去的話就到此為止了。這把雙刃劍就會變得沒辦法使用。

只擊倒輕井澤是無法找到X的。

我希望的，是拖出潛藏在輕井澤背後的傢伙。

既然我今天發起了行動，我就得在這裡好好弄清X的真面目。

為此，我必須推斷輕井澤和X的關係到了哪裡。

「我們就別拐彎抹角的吧。妳也希望立刻被釋放吧？說出躲在妳背後的人的真面目。這樣妳過去的事，我全都會閉口不說。」

「我不懂你的意思。」

輕井澤明顯比至今為止都還動搖。

她也已經知道我正在尋找潛藏在D班裡的人物。

但是，她應該沒想過自己和那個人物有聯繫的事實會被人逮到。

「妳在被真鍋她們欺負時，有受到X的幫助吧？」

「啥、啥？才沒有。」

「事到如今就算隱瞞也沒用喔。我們也有好幾樣證據。」

「……證據？」

看來輕井澤比我想的還更沒有從X那裡聽說詳情。

我緩慢且不弄錯每一步地把輕井澤逼入絕境。

「妳覺得在妳身後的X是怎麼從真鍋手中保護妳的？」

「我不知道。我又沒有被欺負，而且說起來你就算說什麼X……」

「好啦好啦。既然妳不承認的話，我就先把結論告訴妳。」

因為如果我不那麼做的話，輕井澤好像想承認都沒辦法承認了呢。

「X攻擊了真鍋她們的弱點。說是如果不想要霸凌妳的事實曝光就要安分點呢。他就是這樣對她們封口的。」

輕井澤不應聲，只是往我這邊瞪過來。

「呵呵，原來如此……妳知道X是怎麼封住真鍋她們的。」

「我、我什麼也沒說。」

「言語上是這樣沒錯。不過，妳的眼神卻好好地說出了真相喔。」

我繼續說下去：

「到這邊算是很常有的發展。但X光是這樣還不滿足，他在體育季時更讓真鍋她們做出背叛我的行為。他叫她們當間諜提供資訊呢。當然，他威脅她們要是不從就要抖出霸凌妳的事實。」

「什麼啊。你從剛才到現在講的話，我真的都搞不懂意思……」

「妳的眼神在游移喔。看來體育祭的事情，妳是第一次聽說呢。」

雖然我覺得應該不可能，但輕井澤自己也有可能不知道X的真面目嗎？

如果他總是用免費信箱等管道接觸、使喚她的話……

不，我很難想像輕井澤會追隨一個既沒見過又身分不明的傢伙。

說起來，如果她真的不知道的話，在一定程度上承認他們的關係後再自白不知道對方的真面目，對輕井澤來說也會比較輕鬆。

如果她打算徹底佯裝不知道，沒有相應的理由就會很奇怪了。

「我想要的，就只有來對我發動攻擊的X的真面目。我原本就對妳的過去沒興趣。妳不認為老實告訴我真面目，才是比較賢明的選擇嗎？」

「你不管問幾次，我的答案都一樣。我什麼都不知道。我真的很冷……」

她好像沒打算久待，打扮非常輕便。

「妳應該很冷吧？所以，妳不想趕緊結束話題回去嗎？」

「根本就沒什麼好說的。」

「這樣啊。如果妳要袒護X就沒辦法了呢。我可以把妳的事情全都暴露出去吧？」

「……」

對輕井澤來講，這真是四面楚歌。

如果遭受攻擊也只能緘默。

她不管選了哪一個選項都會樹敵。

雖然她開始沉思了起來，但那也只是在浪費時間。

「就算妳擠出無用的點子也沒意義。這不是妳思考就可以解決的狀況。妳能做的選擇已經明顯很有限。在可以選的選項之中，最正確的就是招出妳背後那個人的名字。只有這樣。」

這麼一來，至少還可以守住輕井澤的祕密。

狀況窘迫的現在，除了捨棄X之外沒有其他辦法可以讓自己得救。

「……假、假如我背後就像你說的那樣真的有某人存在，也沒有保證我在這裡說出的人名就是正確的吧。你有辦法確認真相嗎？」

石崎好像也很在意這點，於是未經許可就插入了對話。

「就像輕井澤說的那樣，我們沒辦法確認耶，龍園同學……」

現在這個笨蛋加入對話只會變得是在給輕井澤退路。

我用眼神與動作指示石崎住嘴。

石崎發現自己在多管閒事，就一臉抱歉地閉上了嘴。

「如果我知道妳說謊的話，之後就會把妳的過去抖出去。要是我這麼說，妳要怎麼辦？」

「這——」

「妳唯一的得救辦法就是全盤托出。」

我如此笑道，輕井澤卻揚起眼角強勢地反駁。

「我也不笨。不論我現在說出真話還是假話，你遲早都會再來威脅我。我才不要每次有什麼事就被利用。」

「呵呵，確實。就像真鍋她們被X利用一樣，沒有任何保證我就不會利用妳呢。但既然這樣妳要怎麼辦？」

「我既不會說那個某人存在，也不會說不存在，而且也不會隨便講出某個人的名字。換句話說，我不會回答你任何事情。」

輕井澤好像判斷緘默才是唯一的正解。

雖然這不是個壞選擇，但實在也很難說是最佳選項。

「要是我說妳如果保持沉默，我就要暴露出去的話呢？」

「你認為我背後有某個人存在。但是因為無法接近確切的真面目，所以你才會來接觸我。既然這樣我不覺得你會輕易捨棄這個機會。」

「原來如此。如果在探聽到之前暴露妳的過去，妳就沒理由招供了呢。說不定我會變得比較晚才能查到我在找的X。」

「就是這樣。」輕井澤撇開視線。

「對我來講，就算無法從妳口中問出X的真身也不會發生問題。因為我只要慢慢花時間就好。看來妳沒有把我今後釐清X真面目的機會多的是這點算進去呢。」

「但這件事的前提，是如果今後你也會來找那個人的碴吧。如果發現正被你尋找真面目，注意別貿然暴露真身應該會是理所當然的吧？」

她比我想得還能幹。是個腦筋靈活、伶牙俐齒的女人。

如果X是與我有類似思路的人，考慮到輕井澤在D班中建立了很高的地位，我就應該把這看成正因為X感受到她的利用價值所以才會幫助她吧。X擁有不惜利用他人的個性。換句話說，連輕井澤都可能會不痛不癢地捨棄。

X毫無疑問為了讓D班嶄露頭角而在背地裡行動。但比起那件事，我也無法徹底排除X會暫且優先隱藏真面目的可能性。

如果輕易地把霸凌問題暴露出來，就像輕井澤說的那樣，X可能會消失蹤影。

萬一之後X徹底藏身，我的樂趣就會大幅受損嗎？

「妳是好好想過自保手段才孤身前來這裡的啊。」

我不認為輕井澤什麼都沒想就來到這裡。

雖然也有被X教唆的這種可能……但這實在也很難界定。

「懂了嗎？你不覺得乖乖讓我回去才是最好的嗎？」

我看了手機畫面，但沒收到任何人的聯絡。

我寄給X的郵件也告吹了啊。

X擺明是不可能這麼簡單就露出狐狸尾巴。

我就抱著冒一些險的覺悟轉移到下個階段吧。

「總之，只要可以逼妳說出X的真面目就好了吧？如果妳八成知道X的真面目，那我在這裡問出來就會是最佳選擇。」

這是你的錯喔，X。這是你衡量救輕井澤與隱藏真面目所造成的結果。

「……威脅明明就沒用，你想怎麼讓我說出來？」

「這還用說。從前逼供的慣例就是拷問。」

「龍園同學，你果然是認真的嗎……？」

「伊吹，架住輕井澤。」

「為什麼是我？你自己來就行了吧。」

伊吹對接下來要做的事不感興趣，不服從指示。

「動手。」

「我不會參與。這再怎麼想都是個危險過頭的賭注。」

「妳失敗連連居然還要退出，真是遜啊，伊吹。重要的是，妳要如何取回我的信任。」

我抓住伊吹的手臂，把她用力拉過來。

「我會負起全責，妳就放心吧。所以別客氣地動手吧。」

「嘖……」

我再次命令持態度反抗的伊吹，並讓她執行。

伊吹一邊咂嘴一邊靠近輕井澤。

「幹、幹嘛。」

「我也是有各種苦衷的，抱歉。」

伊吹迅速地繞到輕井澤身後，拘束住她的雙手。

「痛！」

輕井澤慘叫。

儘管伊吹發自內心地不情願，但她還是壓住了輕井澤的一切抵抗。

既然被擁有格鬥技經驗的伊吹制住，輕井澤也束手無策。

「石崎，裝桶水過來。先裝兩桶。如果是下面那層樓的廁所，大概不會有人在這個時間利用。男廁裡有兩個清潔用的水桶。」

「咦？水嗎？要用在哪裡？」

「連你都要反抗我？」

「沒、沒有。我馬上拿來！」

石崎慌慌張張的，儘管身體前傾差點跌倒，但仍從伊吹身旁跑了過去。

「在石崎回來的期間，我們就再享受一下閒聊吧。」

「不要！放開我！」

輕井澤拚命掙扎也無法從伊吹的拘束中逃脫。

壓住她的身體不是為了不讓她逃走，而是為了讓她對接著即將發生的事情加強恐懼感的事前準備。

輕井澤好像預感到自己身上實際將發生的事因此死命抵抗，做出最後的無謂掙扎。

「你要是碰我一根寒毛，我真的會去告狀！」

「呵呵呵，事到如今妳還真強勢耶。妳現在也認為X會保護妳？」

「不管問幾遍都一樣。」關於X的存在與否，她頑固地不打算承認。

「雖然這是我自作主張的推理，但暗中操縱D班的X，應該答應過會在緊急時刻保護妳吧？」

輕井澤的眼神游移。就算她想要隱瞞，這也不是那麼容易就瞞得住的事。

「否則會很不合邏輯呢。那種也容易被別班女生疏遠的強勢個性也有招致惡果、被真鍋她們以外的人盯上的可能。」

伊吹把目光從輕井澤身上移向了我。

「妳對於知道真相的人每天都會非常不安才對。不過，妳卻到今天都一直沒被任何人發現那些事實，而且也沒受到欺負。這是為什麼呢？不外就是因為站在妳那裡幫助妳的人物，總是黏在妳身後的關係。」

「而那就是X嗎？」

伊吹這麼問道。

「現在是這樣呢。不過──最初應該不是這樣吧？X應該是因為真鍋她們與輕井澤接觸才會知道這些事實。就我所想……妳應該是把平田當作男朋友一路保護妳的安全吧？」

輕井澤睜大了雙眼。

「不、不是的……」

「應該沒錯吧。妳別太小看我啊，輕井澤。」

我窺伺著她的雙眼，把應該沉睡在輕井澤內心深處的陰影拖出來。

我肯定就像X那樣做出了相同的事吧。

「咿……！」

她總算開始表現可愛的一面。

「……龍園，你怎麼連這種事都知道？」

不是只有輕井澤對我的話感到驚訝。

伊吹也忍不住追究了這個不可思議之處。

「這是所謂的經驗法則。因為我到目前為止看過一堆墮落的人呢。」

「呼……呼……久、久等了！」

急忙去打水的石崎幾分鐘後便回到了這裡。

水桶裝了約八分滿的水。裡面的水面劇烈地上下起伏。

伊吹看見水桶，便再次拋來疑問。

「有兩個水桶的事也是。你怎麼連這種事都調查了？」

「你們連這所學校的哪裡裝著幾台監視器都不知道吧。」

「啥？我怎麼可能會知道那種事。」

「不調查根本不可能會知道。不過只要調查的話，就可以掌握目光所及範圍的一切。」

我每天都一點一點地在調查這所學校內部的監視器位置。

會知道廁所常備兩個水桶也是那些行動的成果。

「為了確認這些的其中一項實驗，就是讓石崎他們襲擊須藤的事件。雖然愚蠢的是D班裡好像有目擊者呢。」

石崎沒面子地低著頭。

假如沒有目擊者，那個事件應該會發展得對C班更有利。

「我應該說過了吧，石崎。我說過絕對不要承認錯誤。」

「是、是的……我當時，那個，不知不覺就變得懦弱……」

不過，結果被假的監視器騙到的石崎他們卻自首了。

「這間學校的結構乍看有遵循著規律，但實際狀況卻不是這樣。意思就是說，視做法不同，即使是強硬的手法也會受到認可。」

日常生活中到處都是可以察覺這點的提示。

「雖然你們大概不會懂，但稍微聰明的人們都總是會不斷地試驗。」

我入學之後做的第一件事情，就是尋找這間不可思議學校的「規則」與「通關方式」。

我在入學這所學校並理解這些系統之後所做的事情——

就是推測個人點數有用到什麼程度。

「例如，你們就不覺得考試結構這一點非常奇怪嗎？無人島也好，船上考試也好，Paper Shuffle也好，只要向高年級生確認就可以知道詳情。我們乍看之下會這麼想。但就算想探聽也沒有半個學生可以好好回答。你們覺得是為什麼？」

「……像是每年實施的考試不一樣之類的，也有可能是規則不同。」

「是啊。應該不會每年所有的考試都一樣吧。不過，如果要嚴謹地表達的話，就會是這樣。『各學年』布下的規則都不同。」

「這是什麼意思呢，龍園同學？」

可以和上面的人確認考試內容並且通過的話，考試這前提就不會成立了。就會變成只要巴結高年級生就好的無趣爭執。

要阻止這種情況，就必須靠絕對性的規則來束縛。

「如果二年級之後追加了『透漏考試內容的學生會立刻退學』這種規則的話呢？」

不論考試內容有沒有一樣——如果學校準備了這種腳鐐的話？

「這——那我就絕對不會說出去。」

「對。就算被學弟妹拜託也無法說出來。那些人在一年期間賭上退學一路戰鬥，不可能會做出不謹慎的發言並且背負退學的風險。事實上，我試過對好幾個隸屬二年D班的學生亮出個人點數交涉，但一次也沒成功。這就是如果說出去就會有相應風險的證據。」

「可是……或許確實是這樣。小宮和近藤之前說過。他們說就算想從學長姊那裡獲得提示，學長姊也幾乎什麼都不願意說。不如說，還有種像是不可以問的氛圍。」

正因為任何人都想得到，所以歷屆已經形成不允許這麼做的氛圍。

嚴格來講，學校也有可能施行了更細項的規則，但這是遲早都會知道的事情。

「我就是像這樣一直盯著允許與違規的界線。」

監視器、收買高年級生、跟A班的暗中交易。

我一直在詳細確認可行、不可行的劃分。

「今天在此接著要對輕井澤做的事，也是這個實驗的其中之一。」

輕井澤的身體因為寒冷而開始打顫。

「心靈創傷這種東西，比起用言語喚起，變成實驗體才會更加強烈地勾出來。」

如果真鍋她們的證詞沒錯，強勢的輕井澤應該馬上就會安靜下來了吧。

我對石崎使眼色。

光是這樣石崎應該也會理解自己被指示了什麼。

伊吹把輕井澤往前推開。

石崎按照我的我指示，把水桶的水狠狠地往輕井澤頭上潑。

「唔！」

在嚴冬的寒冷天空下，澆在她身上的水應該已經讓她冷到骨子裡了吧。

輕井澤因為過大的衝擊與打擊當場癱倒，並顫抖著身子。

她的兩隻手臂緊緊按著自己的身體。

剛才為止的強勢態度都因為一桶水而消失無蹤。

「妳要回想嗎？回想妳在以前的學校一路受到的洗禮。」

「不、不要……！」

她摀住耳朵。

就像少女在害怕幽靈一樣，只是顫抖著身體。

「我不會這樣就罷休，一定會徹底把妳給搞壞。」

我拿出手機開始錄影，接著揪起輕井澤濕掉的瀏海。

我了解到她的眼神已經失去了生氣。

現在，輕井澤的心裡應該閃現出了自己過去被霸凌的片段吧。

「這是霸凌的影片。如果妳什麼都不說，我就會把它散播到學校裡。」

這當然是謊言，但輕井澤已經無法做出正確的判斷。

「來，哭吧、叫吧。來求我原諒妳。」

「不要、不要！」

沒什麼是比深深烙印的傷口還更值得揭開的。
「真是慘不忍睹……我果然不該幫忙的……」
伊吹逃避似的撇開了視線。
「欺負弱者也滿有趣的耶。因為可以讓我的內心雀躍呢。」
我想起過去來對我動手的人。
當得意忘形而遭受報應時，也有人會像嬰兒一樣哭得抽抽搭搭。
但輕井澤的狀況有點不同。
「妳一直被人徹底地霸凌，虧妳可以在D班嶄露頭角。我很佩服呢。」
這個原本是弱者的傢伙靠自己的力量嶄露頭角，並構築了全新的自我。
利用平田，然後受到X保護，直到今天都一直維持著自己的立場。
「這不是那麼簡單就辦得到的。」
被霸凌過的人都會變得很低聲下氣。越是反覆遭受過霸凌，就會越是加深這種本性。
是因為藉由霸凌才被調教成那樣，所以也沒辦法。
「或許在某方面上，妳是個膽量不輸我的女人呢。」
我蹲下來對顫抖著的輕井澤嘲笑地繼續說：
「但是啊，人的本質不會那麼輕易改變。那是無法改變的呢。妳是個潛在的被霸凌者，不是

那種霸凌別人的人。妳就好好給我回想起來吧。」

我拿起留在石崎腳邊的另一個水桶，這次則是由我來對輕井澤潑水。

「～～～～！」

輕井澤發出不成聲的喊叫，用力地蜷縮著身體。

「石崎，你再去一趟。」

「好、好的。」

石崎撿起倒在地上的兩個水桶，接著再次下了屋頂。

「封了真鍋她們的嘴，保護著妳的人是誰？」

「沒有那種人……！沒有、沒有沒有沒有！」

她搖搖頭，不情願且逃避似的否認。

「呵呵，妳還要隱瞞下去啊。妳果然很有膽量呢。不，這是因為妳習慣被霸凌了嗎？或許對妳來說這種程度連霸凌都算不上呢。」

我抓住輕井澤的手臂，把她強行拉起。

「……真是不忍心看。」

「好玩的從現在才要開始呢。」

「我只有打從心裡覺得很生氣。」

伊吹並沒有離開，她只是拒絕參與霸凌，然後倚靠在屋頂的門上。

「確認完X的真面目之後，我就要回去了。」

「那樣也可以。」

我不是為了娛樂你們才這麼做。

我是為了我的快樂才破壞輕井澤。

3

冷到了骨子底。

頭髮上滴下的冰冷水滴。

這下子我就是總共第四次被人用水桶從頭上倒水。

水透過了制服，內衣也早就已經濕答答。

但我害怕的不是身體因為寒冷而顫抖。

而是冷到了內心深處。

深沉的黑暗前來露臉，甚至讓我想恨起這個世界本身。

為什麼我正在被人欺負呢？

從這種情感開始發生了變化。

變成我為什麼活著？

我有什麼地方不好嗎？

我開始責怪起自己。

涼透的心逐漸侵蝕身體。

深深烙印的傷痕發熱般地痛了起來。

「欸，妳也該讓自己解脫了吧，輕井澤。妳根本就不必繼續受苦喔。」

龍園在我面前笑著逼我自白。

但這實質上是條死路。我會變得什麼都無法回答。

假如我說出清隆的事，或許會暫時被釋放。

但那不會通往救贖。

根本就沒有保證龍園不會再來用同樣的事情威脅我。

他也許會再次出現在我眼前，指示我背叛D班。

連續劇上常見的最糟發展正等著我。

不停背叛的人的下場，總之絕對就是悲慘。

既然這樣，我只要一直抱著最後的希望就好。

只要相信清隆答應會保護我的那句話。

這就是……保護我正要被黑暗吞噬的心的最終要塞。

「我了解妳的想法。要是在這裡揭穿X的真身，就連讓那傢伙保護的可能性都會失去。妳會失去希望。」

我的牙齒因為寒冷與恐懼開始喀噠喀噠地發出打顫聲。

我為了停下來而拚命掙扎，但是心裡不聽使喚。

腦海裡充滿了被烙上的悚然記憶。

過去與現實交疊。

「妳要抱著希望死去嗎？妳又會重回過去，這樣真的沒關係嗎？」

他只是用單方面的言語暴力不斷攻擊我。

「可以拯救妳的不是X。如果妳在這裡坦白的話，就會被我拯救。」

好可怕。

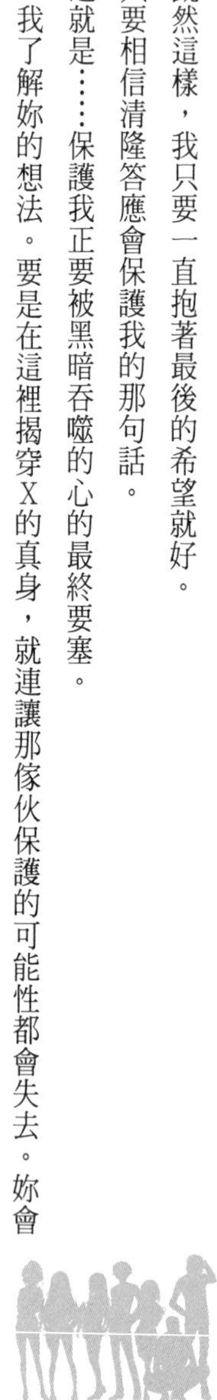

「但假如妳要與我為敵，我就不得不攻擊妳的弱點了。」

救救我。

「我會把妳有的沒的全都寫下來，然後散播到學校裡。」

好可怕。

「到時，妳還能故作鎮靜，並像至今為止那樣當班級的中心人物嗎？」

救救我。

「不，不可能。妳又會重回過去的妳。恢復成慘遭霸凌的那個自己。回到妳原本的模樣。」

過去的霸凌在我心中強烈、強烈、強烈地反覆閃現。

「不要、不要、不要不要、不要不要不要……」

我不想回到那個既黑暗、悲慘，又讓我想死的世界。

「既然這樣就讓自己解脫吧。讓自己解脫，保護現在的自己。」

「拜託，饒了我，拜託你饒了我……！」

我的自尊心已經粉碎。

不對。我只是用膠帶黏住而已，它本來就是粉碎的。

我設法維持住的輕井澤惠──這樣的我會死掉。

快樂的校園生活發出聲響逐漸崩塌。

「我不會像真鍋她們那樣手下留情。我們知道了妳的祕密。假如妳要逼我退學的話，知道這件事實的人就不會是一兩個，謠言馬上就會蔓延開來。這麼一來，或許連妳曾經看不起的同學都會欺負妳呢。」

「不、不要、不要……」

「既然這樣妳就好好地想起吧。想起回到過去的那個自己，是一件多麼難受的事情。」

──我就算不想要也會想起來。

白色的世界忽然在腦海裡延展開來。

隨後則是一片黑暗。

國中時期，我因為瑣碎的小事不小心開啟了通往地獄的入口。

個性原本就好勝且強勢的我，入學沒多久就不小心和同類型的女生們為敵。之後的日子，便與開心的校園生活有著天壤之別。

課本上的塗鴉或筆記不見，這些都還算是可愛的行為。

就像慣例一樣，我在廁所裡被人潑水也不是一兩次了。

她們把我被拳打腳踢的樣子錄下來，當作班上的笑料。

裝在室內鞋裡的圖釘，或放在書桌裡的動物屍骸們，我全都記得。

我也曾經當著同學的面被拉下裙子。

也有過游泳課後內褲被藏起來，或是制服本身不見的狀況。

被逼去和我一點都不喜歡的男生告白。

用嘴撿起散在地上的菜並且吃掉。

舔過鞋子。

嚐過真正的屈辱。

對，沒錯。

想起來了。

人類在這種時候會採取的最後防衛手段。

只要接受就行了。

接受被龍園他們欺負的現實。

這麼做就會變輕鬆。

啊，我又要重新回到那時候了嗎？

我知道到時自己的心靈一定會承受不住。

願意溫柔待我的人、願意和我和睦相處的人都會改變。

我不可能再次承受得住那種殘酷的時光。

對我見死不救的學校唯一替我做的事情——

就是告訴了我這所學校。

垂下了一條認識我的學生都會消失的救命絲線。

要是這一條絲消失的話，我——

我仰望天空。

一直隱藏著的淚水溢出眼眶，接著滑落下來。

為什麼我現在會遇到這種事呢。

…………

——真討厭啊……

我心中產生出這樣的情感。

我不想就這樣乖乖接受，並且重回過去。

按眼前的龍園說的，他好像只是想找出他在尋找的人物。
換句話說，我只要說出清隆的名字就可以被釋放。
可是，根本就沒有保證這樣子我被霸凌的事情就不會暴露。
隔天說不定就傳遍了。
這樣的話也一樣。
失去清隆的信任後，還會失去所有朋友。

可是——

我有得救的可能性。
只要說出名字解脫的話，這段難受的時間或許也就會結束。

這是沒辦法的。

這樣我就可以得救。

這麼答應過我的清隆，到頭來還是沒來救我。

就算我相信他並且不斷地等待，這個狀況也沒有降臨任何變化。

他沒有發現我寄去的郵件嗎？

可是我有對他使了眼色。

接著四目相交，他確實答應了我。

他說我會保護妳，妳就放心吧。

我原本是這麼想的。

這只是一廂情願嗎？

我已經搞不懂了。

也沒辦法確認。

我和清隆的關係太淡薄了。

他不保證真鍋她們不會對我做出什麼，就這樣切斷和我之間的關係。

就因為自己已經沒必要出面這種任性的理由。

我的事情就只是次要的。

我被背叛了嗎？

我被他丟下了嗎？

「阿爾伯特，有人來過了嗎？……這樣啊，我再聯絡你。」

眼前的龍園靜靜地嘆口氣。

「我想妳也稍微期待過，但好像沒有任何人要來救妳。」

啊，我果然被棄而不顧了。

不對，我不相信怎麼行。

清隆說過會幫我的。

事實上，他也從真鍋她們手中保護了我。

「妳好像滿信任X的耶，輕井澤。」

龍園傻眼地嘆氣。

「妳被X騙了啦。」

「不對……」

「沒有錯啦。X沒告訴妳的那些船上考試的真相，就由我來告訴妳。」

「真……相……？」

龍園臉上的笑容，不知不覺間消失。

「真鍋為了幫諸藤復仇而打算欺負妳，但是得不到機會。就算要把妳叫到沒人煙的地方，妳也不可能會乖乖赴約。但是，妳為什麼會隻身前往最底樓層呢？那是為什麼？」

「那、那是……」

那是因為被洋介同學叫了出去。

當時我的內心很不安定，只能依賴當時的宿主洋介同學。

所以我才會去了那個地方……

然後，真鍋她們就偶然來到那個地方……

「妳真以為是巧合？」

龍園又看穿了我的內心。

「她們根本就不可能在廣大的船裡整天到處追著妳。這麼一來，那就不會是偶然。也就是說，真鍋她們會出現是必然的。」

也就是說，我被洋介同學騙了嗎？

不對……

不是那樣。

我明明馬上就知道不會是那樣。

我一時間還打算怪在洋介同學頭上。

「妳已經明白了吧。X暗中接觸真鍋並牽線把妳引了出來。說自己同樣是憎恨妳的人，以及要不要合作的好聽話。雖然我只能說會輕易被這種餌釣到的是蠢貨，但這就是真相。」

我記得那確實是個很奇怪的事件。

應該是洋介同學找我的，結果他卻沒出現在那個場面。

因為認識了現在的清隆，所以我才會明白。

是他指示洋介同學讓我落單的……

「X故意讓妳遭受霸凌，並得到了那個現場的證據。妳不覺得殘忍嗎？」

不對——我很想這麼想。

但龍園說的話……絕對不單純。

清隆出現在那個場面還有拯救了我，都不是什麼偶然嗎？

「妳不是被救出去，而是被陷害的。還真是件蠢事對吧。」

我被騙了嗎……？

「看看周圍吧。X現在在這裡嗎？他有來救妳嗎？」

我……打從一開始就被清隆給騙了？

「真面目快曝光於是就捨棄掉妳。想成這樣應該才妥當吧。」

這種事、這種事……

那是不可能的……

我──沒有獲救。

我明明就這麼痛苦……

我中了清隆設下的陷阱，還以為自己獲救。

被要求幫各種忙。

在關鍵時刻就被捨棄。

可是這樣就……

「妳也已經發現了吧。沒錯，那也算是一種惡劣的『霸凌』呢。」

黑暗包圍著我。

我到頭來還是沒辦法從霸凌這個莫比烏斯環裡逃出。

「不，妳還留有唯一一個得救的辦法。」

名字。

就是把清隆的存在告訴龍園。

「沒錯。」

那麼，如果我說出名字就會解脫了嗎……？

「沒錯，就會解脫。」

龍園就像在揣測我的內心似的再次笑了出來。

「只要說出名字的話，我答應今後不再和妳有瓜葛。」

啊啊，我會得救。

只要說出一句話——綾小路清隆，就可以了。

不知道他會不會相信。

但聽見我發自內心說出的話，眼前的男人一定會理解。

我有這種把握。

嘴唇違反了我的意志一邊顫抖一邊動了起來。

遭受背叛的絕望與憤怒，以及一顆希望得救的心。

但我又語不成聲了。

太冷了，導致我無法拉出自己的心聲。

「妳可以慢慢來。說出那傢伙的名字吧。」

「——對……」

說出來了。

我不停地顫抖，覺得非常害怕。

然後說出了一句話。

「對？」

龍園反問。

「對……說……」

我慢慢地、慢慢地把話給擠出來。

這樣就可以獲得解脫。

「再說一次。慢慢講。」

龍園的臉逼近了我。

「不論……」

說出話來了。

不，不是這樣的。

我從一開始，就沒有那種打算……

因為我——

「不論你問幾遍……我都絕對不會……說出來……」

「…………」

笑容滿面的龍園僵住了表情。

總覺得灰濛濛的天空灑落了一道曙光。

我在現實中一成不變的世界裡——

好不容易才找到的東西。

「就算我明天起在這裡、在這所學校的容身之處會消失……就算我會一直受苦……」

不得不相信到底的東西。

那既不是龍園的話語，也不是清隆的存在。

「我也絕對……不會說出那個人的名字……」

溫暖的光芒忽然照入我的心中。

「……妳這樣就好了是吧，輕井澤。」

好了。

這樣就好。

說不定我會後悔。

可是，這樣就好……！

「妳知道X只是在利用妳，為什麼還要護著那傢伙。」

「不知道……」

那種事情我才想問呢。

但是——現在我唯一知道的就是——

「就算是我，也有想耍帥到最後的事……！」

模糊的視野，只有這個瞬間變得清晰。

「是嗎？真遺憾，輕井澤。妳的容身之處今天起就會從這個學校消失。對我來講，我也不想做出費功夫的事，但也沒辦法呢。不過，妳很值得尊敬。妳有過去的心靈創傷。就算被唯一依賴的人背叛也沒有出賣那傢伙，這件事我就坦率地認可妳吧。」

這樣就好。

這樣就好了。

我不斷反覆對自己這麼說。

雖然我會在這裡壞掉就是了。

不知為何，我有點以自己為豪。

明明就被他背叛了，但如果我沒有背叛他，他就會因此得救的話——

如果可以協助那傢伙追求的平穩也是不錯。

這樣我好像也算是很帥氣吧？

我的人生幾乎沒有什麼有趣的事情，但和清隆聯手做各種事的時候卻很刺激，這樣也不錯。

我當時有點快樂。

該怎麼說呢？那就像是在英雄背後支持他的女主角嗎？

雖然他做過的事情，我也有許多不了解的部分。

但總覺得很非日常又有趣。

再說，無論形式如何，被他救了也都是事實。

所以我沒有遺憾。

沒有遺憾。

可是呀……

其實我心底還是認為他應該會來救我。

懷有這種淡淡的情感也是——真的嗎？

唉~我真是蠢。

完全被人玩弄在股掌之間。

這是自作自受嗎？

被洋介同學保護，被清隆保護。

其實我是一個人就什麼都辦不到的女人呢。

寒冬的天空。

我隱隱地覺得心裡很暢快。

再見了，滿是虛假的我。

歡迎回來，過去那個冰冷冷的我。

高度育成高級中學

一年B班班導 總評

時間：12/1　班級點數：

753

暑假為止

入學不久，B班全體學生就以一之瀨同學為首開始變得感情融洽。雖然我想他們偶爾也會有爭吵，但還是希望他們在這三年努力讀書。

無人島考試

比起獲勝、競爭，大家磨練到了團體合作，並且開心地度過了一個星期的無人島生活。我覺得他們是一群比別班都還棒的孩子。

船上考試

由於不擅長懷疑、陷害他人，因此好像有點沒發揮在成績上。不過，只要有這份純粹的想法就一定可以升上A班了吧。

體育祭

我想班上和關係不太好的C班也有試著努力打成一片。我覺得龍園同學如果也可以稍微學會合作的話就太好了。

Paper Shuffle

雖然在考試上很可惜地敗給了A班，但我依然非常希望總是開朗正面的B班孩子可以晉升到A班。

交錯的思緒

在輕井澤前去龍園身邊的大約兩小時前——

茶柱老師在D班裡說明了寒假的注意事項。

「寒假期間，因為校內一部分要改裝，所以禁止進入。請別忘了這點。另外今天是結業式，社團活動也休息，請各位盡早回家。」

老師只有說明必要事項。

不過，她不知為何卻無語地環視了一會兒所有學生。

我們不管怎麼等，都等不到結束的指示，池等不及就舉起了手。

「老師，您怎麼了——？」

「我想很多學生都已經知道了，你們這一班升格為C班，可以看成是幾乎確定下來了吧。你們做得很好。」

「哦、哦哦。老師坦率地稱讚了我們耶，這還滿稀奇的吧？」

不只是池，所有同學大概都懷著同樣的感想吧。

「但是不要大意。如果在寒假中引起大問題，也會對班級點數造成影響。即使是長假也不要忘了身為學生的本分。」

茶柱老師這麼知會，便總結了第二學期。

「真的很稀奇呢，茶柱老師居然會溫柔地叮囑我們。」

「可能是這樣吧。」

這一定是老師在從旁協助我們別做出問題行動的形式。

我把課本收進書包裡，只將目光投向輕井澤。

輕井澤一面和其他女生說話一面望向我。

早上，輕井澤寄了一封郵件到我之前和她說的緊急信箱。

信上說龍園要談談真鍋她們的霸凌，以及今天兩點會被叫到屋頂。

我不覺得驚訝，也沒回信。

那是因為我在收到那封信前，也收到了龍園的聯絡。

那傢伙根本就不在意輕井澤會不會告狀。

他從一開始就只是為了把我騙去才展開行動。

但輕井澤好像透過眼神知道我看過了信，因此就心滿意足地和朋友出了教室。她是打算先離開教室再回來嗎？

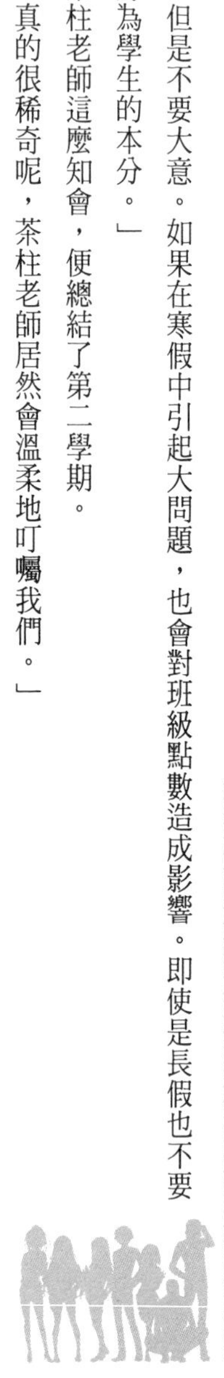

應該是因為過了一點幾乎所有學生都會從校內消失蹤影。

「我們說好要順道去櫸樹購物中心，你要去嗎？」

做完回家準備的啟誠靠過來這麼說道。

「嗯，今天我也沒特別安排，我跟你們去。我準備好就馬上過去。」

「我在走廊上等你喔。」

我就先帶著課本之類的回去吧。說不定某些事情上會使用到。

「啊……噢。難不成你剛才有了安排？」

佐藤一臉抱歉地來搭話。

「嗯，剛才我和幸村他們約好要去玩了……」

「這、這樣呀。真是不走運呢。」

佐藤失望地垂下肩膀。

難不成她是像上次那樣想來約我嗎？

「……今天沒辦法，但寒假期間可以嗎？」

「咦？」

「呃，我也很抱歉拒絕妳兩次。如果妳可以的話……」

「真、真的嗎！」

「是、是的。」

我有點被身體猛然向前表示感激的佐藤給鎮住了。

「那、那就說定了！」

佐藤滿臉通紅，開心地跳了起來。

她到底是對我的哪裡這麼感興趣啊……

雖然我當然不會覺得不舒服，但教室裡還有人留著，所以感覺很難為情。

「總之明天之後隨時都可以。詳細就用信件討論。」

「我知道了！回頭見嘍，綾小路同學！」

佐藤喜形於色地和篠原她們會合。

篠原她們一臉狐疑地看了我，接著便離開了教室。

那麼，來去和啟誠他們會合吧。

所有人好像都已經集合在走廊，他們邊閒聊邊等我到。

我因為波瑠加毛骨悚然的笑容，以及愛里無精打采的表情，立刻就理解了情況。

我一邁步而出，波瑠加就好像馬上要提及那件事，所以我主動開口了。

「那沒有什麼很深的含意喔。」

「我什麼都還沒問，你是怎麼啦？」

「什麼怎麼了，妳剛才正打算問吧。」

「因為啊，看佐藤同學的那種模樣，可是會讓人不禁做出各種想像呢。」

「你還真不純潔耶，清隆。堀北加上佐藤，你還真是沒節操啊。」

不知為何連啟誠都在生我的氣。不，但我還是想請他們讓我解釋。

「我只是稍微被約出去玩而已。」

「女生約男生，我覺得相當不單純耶。」

「佐、佐佐、佐藤同學，應該是，很在意，清隆同學吧！」

雖然之前也有過一番爭執，但愛里這次還是頭暈目眩地這麼說。

「……妳就算問我這種事情，我也很傷腦筋。」

「你要趕著交女友，度過恩愛的聖誕節嗎？哎呀呀，那可是很不得了的展開耶。」

波瑠加想像了自作主張的發展。

「倒是我們要去哪裡呀？我覺得今天會相當擁擠喔。」

明天起開始放長假，今天應該也會有不少學生玩通宵。

啟誠判斷要做什麼最好還是趁早比較好。

「哎呀，漫無目的閒逛就行了吧？不用著急也沒關係。」

明人在這種討論中也沒有垮下僵硬的表情，並且沉默地走著路。

因為明人的注意力應該不在我們身上，而是集中在我們身後吧。

他一邊移動，一邊尋找背後的動靜的真面目。

「好像沒有要跟過來……」

明人小聲嘟噥並放下了心。

看來龍園好像打算在今天做個了斷。

他是判斷已經不必四處跟著我們走了嗎？

「不過很那個耶，對吧。雖然櫸樹購物中心裡什麼都有，但我還是會想出去外面呢。」

波瑠加說完，就面向學校用地遙遠的正門方向。

「像是去澀谷或原宿呀——我真想看表參道的燈飾呢——」

「櫸樹購物中心裡就先不說了，但通勤路途上應該會是一成不變吧。」

學校完全沒有做特別不同的準備，外面和平時沒兩樣。

「我很滿意現在的環境呢。畢竟必需品也幾乎都很齊全。清隆同學，你也會想著跟大家一樣的事嗎？覺得想要外出。」

愛里不像是波瑠加那種會外出四處走動的類型。

不過，我應該可以不用勉強迎合話題。

「我就像愛里那樣很滿足這個環境，但好像也可以理解想出去外面的想法。」

「雖然不知道是不是為了遵守規則，可是連和家人聯絡都不行實在太超過了。普通家庭都會非常在意孩子的狀況吧？」

三年見不到自己的孩子確實很不尋常呢。

明人好像深有所感，表情變得很僵硬。

「我媽很愛擔心人。或許這個部分她的確會很不放心。」

「校方也會顧到這一塊。聽說學校會用學生的成績單還是什麼的來定期報告。」

「這……說不定會讓她更操心耶。我再更努力一點讀書好了……」

「比起男生，家長應該會更擔心女生吧。」

「啊——我家沒問題，不會有那種狀況。」

波瑠加輕輕地帶過。

她好像不想被觸及什麼事情，因此我們也沒有追究。

1

「那麼，接下來要去卡拉ＯＫ嗎？雖然可能會有點人擠人。」

「不會又要玩懲罰遊戲了吧……？」

「當然要玩呀。這是為了讓小幸雪恥呢。」

我在正在商量接下來要去哪裡的情況停下腳步。

「怎麼了嗎，清隆同學？」

「抱歉啊，我要回去了。」

「還沒兩點耶。」

明人在手機上一邊確認時間，一邊這麼說。

「其實我昨天熬夜，還滿睏的。放假期間再約吧。」

愛里好像覺得很遺憾，但現在就算我不在也不會不妥了。

波瑠加大概也會巧妙地替她圓場，我就放心地交給她吧。

我和那團道別，轉身離開。

接著拿出手機，打給了班導茶柱老師。

『是我。』

「您好，我有些話要談，現在可以見面嗎？」

『你想幹嘛？你不是不會再和我有瓜葛了嗎？』

「是沒錯。但我發現還留著必須清算的問題。如果可以的話，我不想用電話說，想直接見面談。請問我可以去學校嗎？」

『……我在教室等你。』

「我知道了。我幾分鐘就到。」

結束這種對話後，我就立刻回到了D班教室。

這裡已經沒有其他學生的蹤影，茶柱老師在我的座位附近獨自望向窗外。

「如果一如往年的話，今年也會下點雪吧。」

「您喜歡雪嗎？」

「曾經喜歡過。但長大後就漸漸覺得討厭了。」

茶柱老師拉上窗簾慢慢地回過頭。

「所以你好像有事找我。是什麼事情？」

「我是在想我還沒有問您答案。您為什麼不惜利用我也想升上A班呢？」

如果沒有相當強烈的想法，教師是不會不惜說謊也要利用學生的。

「這間學校的老師和學生一樣，也有要互相競爭的部分。我考慮到自己的考核，想盡量以上段班為目標也是理所當然。」

「我不覺得這是真正的動機呢。如果妳一開始就有意要以A班為目標，之前應該就不會做出對D班學生不利的那種發言。」

第一學期最初的期中考上，茶柱老師故意不提供資訊，只讓D班變得很不利。

「……那已經和學校規則是兩碼子事了呢。那是關於我個人的事情。我沒有任何需要對你說的。」

「儘管您那時候私下做了爬上A班的準備，不過您還是很迷惘吧？心想這個班級是不是真的有力量以A班作為目標，是不是真的可以朝著A班邁進。」

這個老師心裡藏著怎樣的想法其實根本就無所謂。

重要的是，她是不是值得我利用的人物。

「看來我在浪費時間呢，我要回去工作了。」

我對轉身想逃的教師再次出聲說道：

「如果您不回答的話，也請您至少放棄利用我。」

「果然是這種話題啊。你不必提醒我。你已經脫離了我的掌控，不是嗎？」

「關鍵的話題是從這裡開始。如果白白過掉今天這一天，D班就升不上A班了。何止如此，能不能升上C班應該都會很難講。」

「你在說什麼？」

我露骨地看著教室裡的時鐘。

「過兩點了。現在龍園把輕井澤叫到了屋頂，有趣的表演應該已經開始了吧。」

「……龍園把輕井澤叫了過去？」

「老師也不知道嗎？輕井澤是過去一直飽受慘烈霸凌的學生。」

「我還是第一次聽說……」

從平時輕井澤的樣子應該根本想像不到她被霸凌的模樣。

「明天之後，這件事恐怕就會在學校裡傳開。這麼一來，輕井澤說不定就會封閉自我並選擇退學。如果可以證明C班牽涉其中大概還可以報一箭之仇，但我們彼此的損傷應該將會難以估計。」

雖然班級出現退學者的懲罰還沒有揭曉，但應該會受到相應處罰吧。我就算不問詳情，看見茶柱老師的臉色就會明白。

但她馬上就恢復冷靜，對我投以平時的強烈視線。

「原來如此，我懂你的企圖了。聽見這次的事情，只憑你非常難以解決事態。不過，如果是身為這所學校老師的我就另當別論了呢。何止是解決問題，你更是不會被看穿真面目就得以了事。這應該就是最佳之策了吧。」

「如果拜託您幫忙，您會願意接受嗎？」

「少得意忘形了，綾小路。我不打算幫你。」

「我想也是。」

「至少在這所學校裡，老師介入並解決學生問題的行為不是件值得讚揚的事。」

說得也是。老師隻身衝上屋頂，不只要龍園停止霸凌，還要他們不說出輕井澤的過去。不可能變成這種天真的發展。

茶柱老師會拒絕也是當然。

「不過，妳隨便拒絕好嗎？應該沒保證我今後就不會妨礙D班吧？我也可以巧妙地安排，把班級變得無法升上上段班。」

「……想不到學生會威脅老師。也就是我們的立場和以前對調了嗎？」

「如果您還我人情，並把和我的關係恢復到對等的師生，至少今後我不會做出妨礙的行為。我覺得就算只是這樣，也會是很大的好處喔。」

「如果拒絕這件事會無法升上A班，那今後也一樣沒辦法。」

茶柱老師頑固地不答應幫忙，並拒絕了我。

「請放心。我打從一開始就沒有對您尋求那種幫助。」

「什麼？」

我從一開始就沒有把拜託老師的作戰算進去。

「我只是稍微捉弄了您。不然妳要遠遠地見證嗎？見證這件事的結局。」

我這麼說完，就約了茶柱老師當作故事的觀眾。

2

如果按照原定計畫，輕井澤上了屋頂大概已經經過三十分鐘左右了吧。

石崎才剛匆匆下樓，就馬上在桶子裡裝入大量的水回了屋頂。

從落在地上的水滴看來，他好像已經往返了好幾趟。

這恐怕是龍園的計謀，為了讓輕井澤閃現過去的霸凌記憶並且自白吧。不過，輕井澤好像沒有馬上招供，之後C班那群人和輕井澤本人好像都沒有要從屋頂現身。

結果可能變成與我想像得有點不同。

不過，那是往我原本放棄不去假設的好方向發展。

「你打算怎麼樣，綾小路？你要在這裡待命到什麼時候？」

我把茶柱老師帶出教室移動，與C班的學生阿爾伯特監視的樓梯保持距離後，就屏氣凝神地監視著狀況。

可是還差一點。

既然都來到這裡了，我也不必急忙展開行動。

時機越晚，就越是可以照我想的發展。

當然，時間越晚也相對會有風險，但那是考慮到好處的必要花費。

「要不要閒聊？」

「你說在這種狀況下閒聊嗎？」

我無視抱著疑問的茶柱老師拋出了話題。

「雖然是入學不久後的話題，但我有向您提出希望賣我須藤在考試上不夠的一分吧？」

「……嗯，我記得。你和堀北一共付了十萬點。」

想到那次之後已經過了半年，我就覺得時光飛逝。

「沒有個人點數不能買的東西。您是這麼說的吧。」

「那是事實。須藤的退學不也取消了嗎？」

「購買分數確實合乎道理，但如果這裡的環境一直允許那種事，您不覺得說起來大概就不會出現退學者了嗎？只要每次考不及格，同樣有人來填補就可以了。這麼做就可以阻止退學。」

「可是要拿下個人點數並不容易。你們D班奇蹟地維持了高額點數，但往年D班的水準大約是一半的點數。再說，同學也未必都會替朋友著想吧。就算有即使失去班級點數也想保護個人點數的學生也不足為奇。」

「確實。但這就系統來講不是依然會變成缺陷嗎？如果總是存在點數的救濟方式，就會很極端地降低考試退學的門檻。」

「或許是這樣呢。」

茶柱老師不否認，但也沒和我對上眼神。

「問題點在於，我在拜託您賣分數時，您所決定的價碼。」

「你事到如今才想要說太貴嗎？」

「不是這樣。我是指您說出一分十萬點是隨口說說，還是有所根據。您的語氣上感覺是即興決定的，但我很難以想像憑您的獨斷就可以決定點數的價格。」

「你想說什麼，綾小路？」

「關於點數的事項，這所學校都有徹底且詳細的明文規定吧？學校當然也有準備購買分數時的指南。這樣就說得通了。」

「換句話說，你是說我當時決定須藤一分的價格是學校預先準備好的？」

「對。可以請您回答嗎？」

這時出現了停頓。

茶柱老師至今都是立刻回答，現在則有點語塞。

「並不是你問什麼我都會回答。」

「我可以把這解釋成您無法回答嗎？」

「隨你便。」

「那麼，就由我來自作主張地判斷了。學校準備了所有事態的指南，就算是關於分數的買賣，一分十萬點的這件事情也是預先就決定好的。以此為前提推進話題時，就會產生新的疑問。就是每次考試，您是否都會願意用十萬點賣我一分的這個部分。」

「要想東想西是你的自由，但這個對話有什麼意義？現在是輕井澤──」

我打斷這些話繼續說道：

「是只有入學之後的一定期間是每一分十萬點，或是每購買一次分數價格就會逐漸上漲呢？還是說，接著想買都沒辦法買了呢？疑問一個接著一個浮現而出。請您回答哪一個才是正確答案。」

「給我適可而止。你覺得我會回答那種問題嗎？就算我回答，你也沒辦法確認真實與否。」

「我有辦法。只要我直接問老師就可以了。」

我強行看著老師撇開且不與我對上視線的那雙眼。

「請問要請您在下次的期中考上賣我一分，將會需要多少點數呢？」

「…………」

茶柱老師的話完全停了下來。

「身為一名老師，您應該不可能不回答吧？如果無法請您回答的話，我當然也會問其他老師同樣的問題。然後，如果他們給了答案，別忘了我也可以和校方控訴，說D班的班導差別待遇。」

然而，也有可能不只是茶柱老師，就連其他老師都無法回答吧。那樣就可以想像到好幾種狀況。像是規定只有最初的一分能賣的情形，或是只有在實際上考不及格且分數不足時才能回答的機制等等。

不過，沒辦法回答也是一種答案。

答案就會是——學校也準備了分數不足時的指南。

「你打算深入規則嗎？」

「應該有不少學生都在這麼做吧。看了傳聞中正在存點數的一之瀨，或執著個人點數的龍園，情況就很明顯了。」

他們每天都反覆進行各種多方嘗試，試著找出對自己的班級有利的戰略。

「我知道了。那我就回答你的提問吧。攻略這所學校機制的起點，確實在於掌握關於個人點數規則的實際狀況。歷代學生們當然也和你們一樣從各種觀點做了研究。就算是瑕疵品的聚集地D班也沒有例外——即使有時間早晚上的差異啊。然後學校詳細準備了數千條規則，來回答學生的疑問。分數買賣、粉飾暴力事件、取消退學處置的所需點數等都有規定。不過，老師可以直接提及、告訴學生的範圍非常少。那是因為大部分都不允許回答。不，何止是這樣，應該也有很多領域就連老師都沒有掌握。」

「那麼，對我的詢問『無法回答』就是正確答案了嗎？」

「對。」

這樣一個謎團就解開了。也就是說，關於個人點數特殊用途的規則上，存在著許多未滿使用條件就無法請老師回答的內容。

下次期中考上購買一分時的價格決定好了，有可能藉由老師告知來立下對策。但如果就這樣保持不明朗，就會變得無法做出有勇無謀的事情。因為要是學校說一分要花費一百萬，光是這樣就完了。

「……這個話題，和這件事情有關係嗎？」

「不。這只是閒聊喔。僅只如此。當然也和這次事件完全無關。」

茶柱老師無法看透我真正的心思。

「那麼……時候差不多了呢。我要結束捉迷藏了。」

我在手機上確認時間，上面顯示已經過了兩點四十分。

我寄了一封信給某個人物。

指示對方立刻來這地方。

「雖然我不清楚詳情，但至少知道輕井澤正受到C班很過分的對待。如果你不打算拋頭露面

就應該叫其他救兵吧。」

「我會去屋頂。」

茶柱老師對這句話藏不住驚訝。

「……你瘋了嗎？這樣會傳遍學校。」

「就算龍園發現是我定下至今為止的策略也沒有任何價值。不只這樣，他說不定會擅自過度解讀，認為接下來也會是由我動手然後自取滅亡呢。」

「這樣你就會一舉變成話題人物，失去平穩的校園生活。」

茶柱老師的心裡恐怕悶著某種想法吧。

心想只要我不現出真面目，應該也有辦法讓D班同心協力。

不過不論形式如何，只要我接觸C班，龍園他們就會有把握我是X。就算沒把握，只要我變成頭號嫌疑犯一切就結束了。

這下子我這個沒受到防範的存在，就會變成眾所皆知的事實。

茶柱老師嘴上沒說出口，撇開了眼神。

「說不定是我想錯了呢。」

「想錯？」

「我在你們快要入學時，從坂柳理事長那裡聽說了有關你的事。他說你是個非常特殊、優秀，而且必須保護的學生。說你是在跟愛扯不上邊的環境下成長。我考慮了一切，結果和理事長討論並得出了一個結論。就是想刻意安排令你留戀這所學校，並讓你希望久留。於是我就跟你說了你父親的事，並灌輸他想讓你退學的事情。雖然沒有這種事實，但不知不覺就成真了呢。」

「原來如此。確實透過讓我有個目標，令我容易對人產生執著的想法沒有錯。但很不巧，我不是那種需要讓人操心的人。不管第三者希望什麼，我都會選擇繼續留在這所學校。至少我現在沒打算回到那個男人的身邊。」

「我的失敗就是漫不經心地利用你吧。D班以A班為目標——追求這種夢應該是種錯誤。」

茶柱老師死了心似的吐露想法。

但要說放棄也太言之過早且可笑了吧。

「這應該不是夢話吧。事實上，現在D班就正要升上C班。近期內堀北會統籌起現在的班級。而且一定會。」

「確實如你所說。達成過去不曾有過的事，光是這樣就是件有價值的事情吧。但你是說認真的嗎？說堀北將會統籌班級。」

「真不想被班導問這種話耶。至少我認為堀北擁有十足的能力引領D班。」

對茶柱老師來講，堀北好像只是個拿來利用我的手段。

「就結果上來講，堀北開始成長了，而大多數同學也是。接下來的，只要您以教師身分給予

指導，我們就可以保持在C班……或是非常逼近A班。」

實際上能否升上去，大概還會需要稍微不一樣的能力吧。

「你真的要退下去了嗎？」

「我目前是這麼想的。」

以教師的情感扭曲學生的個人情感，原本是不被允許的。

茶柱老師也很清楚這種事才對。

把茶柱老師帶到這種地方，不單是為了保險起見。

這也是為了故意顯示我確實要脫離班級競爭了。

「回歸正題吧。要光明正大地暴露身分是你的自由，但那樣就會解決問題嗎？」

「我無法做出絕對的保證。因為我只是從龍園的性格或行動模式來思考、應對而已。好啦，感謝您願意陪我。」

因為目標人物現身，我便和茶柱老師答了謝。

她幾時離開都已經沒關係了。

「久等了，綾小路。」

茶柱老師看見前學生會長堀北學這麼前來搭話，感到相當驚訝。

「這是怎麼回事……？」

「他是這次我和龍園做出了斷時的證人。因為龍園是個不擇手段的對手呢。像是自己還是對方先動手的那種爭執，只有這是我想避免的呢。」

我知道老師當證人才是最強的手牌，但實質上我不可能利用。

這麼一來，利用立場接近教師的人才會是明智的選擇。

「你打算用我剛才說過的辦法讓堀北平息情勢嗎？」

「前學生會長看起來像是會願意做那種事的人嗎？」

茶柱老師看了堀北哥哥一眼，馬上就得到了不可能的結論。

就和老師一樣，堀北哥哥也不可能做出多餘的參與。

「有人目擊屋頂發生過的事。只要有這項事實就夠了。」

為此，我締結了與堀北哥哥之間的契約。

不過，這件事情和現在無關就是了。

「在我上了屋頂幾分鐘過後，請你停留在通往屋頂的樓梯途中。你不必向從屋頂下來的學生搭話，也不必做出懲罰。只要可以讓從屋頂出來的所有人都認出你就夠了。」

前學生會長目擊到出入屋頂的學生。

光是這樣，對龍園他們的效果就會非常卓越。

「好吧。但綾小路，你可別忘了之前的約定。」

「當然。反正我如果毀約，這次的事情也可能會從你的記憶中消失呢。」

「如果你清楚的話就好。速速解決吧。」

堀北哥哥目送了我邁步前往通向屋頂的走廊。

「等等，綾小路。如果你剛才沒得到堀北的允諾，你打算怎麼辦？」

「不知道耶，誰知道那種情形我會怎麼做呢？」

雖然我這麼說，但也是思考過的。我恐怕會利用知道我的事情的坂柳他們吧。

如果那樣行不通的話——不，就算思考已經不需要的計畫也沒用。

「十分鐘或二十分鐘。我預計回來要花那些時間。」

3

我走上樓梯。

一階，接著一階。

我慢慢邁出腳步，接著發現前方有個黑影。有一個看門的人正守在通往屋頂的路上。

他充滿威嚴地站著並靜靜俯視我這邊。

他是C班的山田阿爾伯特。從剛才好像就沒有要移動。他把監視工作做得很完美呢。

雖然我不清楚詳細情形，但這個男人應該也是龍園的手下吧。

他就像在打量似的俯視我。

「可以讓我過去嗎？」

他說不定懂日文，我先試著搭了話。

但阿爾伯特完全不打算移動，只是不停地觀察著我這裡。

不知道這是無語的拒絕還是語言不通，讓人等得很焦急。

他那隻大手迅速掏出了手機，動作靈巧地試圖撥電話給某處。

「Don't panic. I'm the one you are seeking for.（不必慌張，我就是你們在找的人。）」

我用英文這麼告知，阿爾伯特就停下了動作。

但是他沒有回以答覆。

「Today, I'll solve the trouble by myself, and no one interferes.（我會自己解決今天的問題，不會有其他人介入。）」

我再次用英文說明，阿爾伯特稍做思考便收起了手機。

接著默默地讓出了路。這是要我過去的沉默信號。看來他好像接受我了。不過，要是讓他留在樓梯上，也會對我這裡的作戰帶來阻礙。

「雖然很抱歉，但我接下來要擊潰龍園。少了你的協助，那傢伙不會有勝算。」

我刻意用日文說了這句挑釁，阿爾伯特望了樓梯下方一眼，確認沒有任何人在，就親手打開了屋頂的門。

接著阿爾伯特也出了屋頂，站在門旁邊，並從背後監視著我這邊。

沉甸甸的雲好像隨時都會下起雨。我看見輕井澤蹲在遠離門口靠近柵欄的地方，看見了發現門扉打開及關閉的石崎與伊吹。然後龍園把目光望向了我。我環視前後左右，檢查監視器。

監視器鏡頭部分被塗滿了黑色，已經沒有在執行監視器的職責。

原來如此。他簡單使用噴漆奪走了監視器的視野啊。

我把握狀況後，就立刻把目光投回龍園他們身上。

「綾……小路……？」

最先出聲的人是伊吹。

輕井澤聽見我的名字，也發現了我的存在。

但她沒有立刻出聲。

我只知道她的眼神正在驚訝我怎麼會來到這裡。

「抱歉，我來晚了。」

我這麼對她說。

「你為什麼……為什麼會過來呢……？」

輕井澤擠出微弱的聲音看著我這邊。

「什麼為什麼，我答應過妳吧。說要是妳發生什麼，就一定會幫助妳。」

「龍、龍園同學，綾小路就是X嗎！」

「那怎麼可能，絕對不可能會是這個傢伙。」

石崎很慌張，伊吹則比龍園更先否定了那一點。

「龍園，X只是打算利用綾小路而已，你別被騙了。他大概也事前告訴過輕井澤會有別人去救她才對——」

「閉嘴，伊吹。」

龍園笑了出來，與輕井澤保持一段距離之後，便稍微往我靠了過來。

但他也依然和我保持大約五公尺的距離，並停下了腳步。

此時，我很清楚龍園正強烈地警戒著我。

「哎呀呀，我才想說是誰來了，這不是老是黏著鈴音的綾小路嗎？你來到進入寒假杳無人煙的屋頂，是有什麼事情嗎？」

「我收到輕井澤寄來的信，她說希望我救她。」

我除去具體性並刻意沒說收到龍園的聯絡。那是因為我是愚蠢地被龍園拐入狩獵場，要被獵

人狩獵的獵物。

「哦？」

「這當然是謊言。你是收到指示要你去救輕井澤。」

伊吹才剛被要求閉嘴，卻不知為何特別來否定我的存在。

「怎麼了，伊吹。妳似乎想要把綾小路想成不是X本人。」

「不是我想要去那麼想，我是在說他不是X。這傢伙……這傢伙只是個愚蠢的濫好人。他大概就連X或輕井澤之類的，還有狀況都搞不清楚吧。」

「妳說他是濫好人？妳會那麼想是有根據的吧？」

龍園問伊吹。

「為了擾亂D班，我在無人島時把輕井澤的內褲偷藏到男生的背包。任何人當然都會把C班的我當作犯人。可是，這傢伙卻完全沒有懷疑。還愚蠢地來對我斷言不認為我會是犯人。」

「所以妳對那件事很開心啊。」

「不要開玩笑了。說起來犯人本來就是我，我怎麼可能會覺得開心。不過，他顯然就是個就算面對可疑傢伙也不會懷疑的無能學生。我只是那麼認知而已。」

也就是說，她不認為這種人會在背後操縱著D班。

「龍園同學，你相信嗎？那個……相信綾小路就是X。」

「綾小路本來就很可疑了吧。因為他老是黏著那麼有能力且備受歡迎的堀北呢。」

「可是，該說是太露骨了嗎……就隱藏真面目來講，這樣不會太明顯了嗎？」

「確實。我也明白你想要說的話，石崎。所以我也有慎重地擺平外部障礙了，然後在知道真鍋她們的那件事之後再讓最有希望的候選人再次浮出水面。從輕井澤霸凌問題的應對之快或手段來看，也會知道X是綾小路或平田其中一個呢。」

「不要裝模作樣了。你在那之後也沒有把綾小路或平田當作是首要目標吧。」

C班裡的意見也分歧了。

變成是我承認，但伊吹他們不接受的這種特異狀況。

「就因為他們最可疑，所以我才故意這麼表現。或是他除了利用堀北之外就別無他法之類的呢。」

「可是——！」

我決定掀起一陣既曖昧不清、輕柔，且親切的波瀾。

「不用擔心，我就是你們在找的人。」

「哈！這不是果然很可疑嗎，居然自己那樣講？這太奇怪了。」

就是因為目前都完全地隱瞞，無法坦然接受也是理所當然的反應。

「我也覺得可疑。他也許是被真正的幕後黑手叫來出面當誘餌……」

伊吹和石崎對眼看就要確信的龍園喊停。

「你不是也判斷X不會在這裡現身嗎？」

「確實。截至目前都把堀北當偽裝的傢伙輕易中這種明顯的陷阱並且現身，一般來想是件很奇怪的事情呢。」

他們會來懷疑這點也是很自然的過程吧。

「在我來看這可是一步壞棋喔，綾小路。你這件事情上唯一該採取的最佳之策，就是放生輕井澤。這不是需要無腦衝來的事情呢。伊吹他們會懷疑或許也是情有可原。假如你真的就是X，那就告訴我會怎麼度過這個絕境吧。」

這才會是唯一的最大證明。龍園這麼補充。

「雖然是個很單純的問題，不過現在的我正處在絕境嗎？」

面對我愚蠢的詢問，一股敗興的氛圍頓時籠罩著龍園等人。

「我只是因輕井澤求助才會來到這裡。現在不是什麼考試，也沒什麼好證明的吧？如果你想要我就是X的證明，等到下次考試前得到就行了。」

「不是吧。你現在被我們掌握真面目，就連輕井澤的祕密也是。如果你在這裡什麼也不做就回去，你至少也知道明天會大事不妙吧？」

「大事不妙？」

「你也差不多別再裝傻了。來，就讓我看看你會怎麼做吧。」

「什麼怎麼做，我什麼也不會做。」

「我知道了啦，龍園同學。他們是讓須藤等人在旁邊待命了吧？」

石崎把目光投向大約敞開一半的門並這麼說道。

「那不可能呢。」

但龍園予以否定。

「是、是這樣嗎？」

「要是很多同學都知道輕井澤的慘狀，根本輪不著我張揚，光是這樣輕井澤的地位就玩完了。動點腦子思考吧。」

如果沒有那種確鑿的證據，龍園也無法做出這種亂來的行為。

「原、原來如此……」

「不過，如果你是在裝傻的話，那還真了不起呢。」

「夠了吧，龍園。X絕對不會光明正大獨自闖過來。」

伊吹建議龍園。

「哎呀呀，真傷腦筋。伊吹和石崎似乎不相信你就是X耶。」

龍園聳聳肩，對伊吹和石崎表現出傻眼的樣子。

「你說你什麼也不會做吧，綾小路，但我有必要確認真實與否。為此，我只能讓這件事變得眾所皆知然後做確認，這樣可以吧？」

說完，龍園就掛著一張笑容觀望我的下一手棋。

「雖然我從一開始就承認了呢。如果妳不相信的話，我就再明示一些情報吧，伊吹。」

我對不停懷疑的伊吹搭話。

「無人島的考試，妳被指示用數位相機拍下領導者的鑰匙卡。不過，關鍵的數位相機不知為何卻故障無法使用。不對嗎？」

「你、你怎麼知道那種事！」

「是我弄壞妳藏在背包裡的數位相機。為了不要有外傷，我還使用了水。」

就算在C班，知道她擁有數位相機的人應該也很少才對。

「順道一提，我在森林裡遇見妳時，妳的指尖因為泥土而髒掉了。再加上，妳坐的附近的泥土上有挖過一次的痕跡呢。我半夜試著調查，發現裡頭埋著無線電。那是為了和龍園互相聯絡的東西吧？」

暴露情報到這種程度，她就算不情願應該也會理解。

當時看見她手弄髒的就只有我、山內和愛里。

總之，這就是個確鑿的證據，表示我是個能識破到那種地步的人物。

「妳只能同意了呢，伊吹。綾小路就是X了。」

「等一下、等一下啦。就算他的腦袋有點聰明，但你就可以斷言他和X就是同一個人物嗎？」

「還有什麼必要繼續懷疑嗎？」

龍園擺出更加傻眼的表情。

「可是這樣很奇怪吧？就算綾小路真的是在背後操控的X，那他為什麼會老實地現身？這樣會破壞至今為止的一切吧！」

「他應該有準備了策略吧。準備了連我們都無法想像的奇蹟。否則……到時他或許就會變成純粹的笨蛋。」

「策略？根本就不存在可以在這種情況下使出的手段。你們握有輕井澤的過去這個重大祕密。起碼我知道貿然做出什麼結果會變得怎麼樣。說起來，你們為了讓我無計可施而做了事前準備，結果不就是現在的狀況嗎？」

「哈！那你怎麼辦？這下子，我隨時都可以把你的存在公諸於世。既然真面目被我掌握，我主動暴露輕井澤被霸凌的意義也會減弱。要我們不說出去，你們也相對地無法做出不謹慎的舉止。你會變得完全束手無策呢。」

「我似乎也無法跟學校報告你們在這裡對輕井澤做過的事情呢。」

平常校園生活上的暴力和考試中不一樣，不是馬上就會退學。

就算一切都有確實的證據，也不知道可以帶給他們多少損害。

「如果你跟學校告狀我們的行動，就要抱著互相傷害的打算斬斷輕井澤的退路。」

沒錯。如果給龍園他們懲罰，我這邊就會完全失去輕井澤。

以為砍了對方的肉，自己卻被砍了骨頭。似乎也會有這種情形。

把輕井澤的過去用在攻擊手段的龍園在這邊切換成防禦手段。

「也就是說，怎麼看都是我這方有壓倒性的領先。」

「知道狀況你就滿意了吧。我要請你讓我帶回輕井澤。」

「別講這種掃興的話嘛。你都特地來了，再慢慢聊吧。」

龍園抓住輕井澤的手臂，強行拉她站了起來。

「唔！」

「你不可能毫無意義地暴露真身。你是想了怎樣的手段？就讓我看看嘛。」

他挑釁似的用手掌往上勾了兩三次催促著我。

「抱歉，龍園。不管你問幾次我似乎都無法回應你的期待。」

「啊……？」

「我被你玩弄於股掌之間了。只是這樣。」

在場的任何人大概都沒料到X會說出這種話。

X是就算對輕井澤見死不救也要保護自己真面目的殘酷之人，或是在保護真面目也可以同時救出輕井澤的聰明學生。他們應該思考過X是其中一方。

連至今一臉笑容的龍園，終於也開始沉了下表情。

「如果你不惜做出這種大動作也要查清楚的X這麼愚蠢的話，就算是撲空也該有個限度吧。數位相機的事也一定是僥倖還是什麼的。」

儘管是夥伴，伊吹卻總是對龍園抱著不信任感。

就是因為這不是演技，是她真的那樣想，所以她才會堂堂正正地拋出疑問。

我找了適當的時機，進行下一步行動。

「我確實暴露了真面目。不過，我不會因此就馬上覺得傷腦筋。知道我在背後操縱D班這件事實的就只有堀北和輕井澤。換句話說，如果消息走漏給別班就會是這之中的某個人說出去的。」

「這又怎樣？」

「如果你要讓我的存在眾所皆知，到時我會把這屋頂上發生的事全部報告給學校。」

「就是因為你辦不到，所以我才會說你被逼入了絕境。」

「我辦得到。只要犧牲輕井澤就可以了。」

「……啊？」

「你原本應該以為我拋棄了輕井澤。不過，在我現身這個場面後，你就認定我不是這樣子地和我說話。不是嗎？」

「那樣才不合理吧。只要一開始就拋棄她，說不定真面目就不會穿幫。你就是辦不到才過來的吧。少在那邊虛張聲勢。」

「夠了……如果清隆你的事情穿幫，把我的事說出去也沒關係。」

輕井澤慢慢立起她倒下的身體，同時往我這裡看了過來。

我立刻把目光投回龍園身上。

「她似乎是這麼講的喔。信不信由你，但到時我們就會徹底交戰了呢。」

「那個……總之，光是可以知道X的真面目應該就算不錯了吧？」

「我也贊成。或許他真的會來捨身攻擊我們。」

這原本就是為了逼出X才開始的行動。石崎和伊吹不求更多。

「……呵呵。」

不知為何，龍園突然抱起頭，開始顫抖並發笑。

「確實一方暴露祕密戰爭就會開始了呢。我就認同這點吧。」

即使有深淺之差，雙方都會留下傷口。

而且視想法不同，輕井澤的狀況未必就不會變成致命性損害。

少女過去遭受霸凌卻重新振作——這種光景應該會自動浮現才對。

但如果龍園在此宣告結束，那些景象就會就此結束了吧。

不過——

這個男人，絕對不會做出那種選擇。

「老實講，現在我很掃興。你沒兩下就被我逮到真面目，還只能靠交給對方判斷的方法保護自己。但讓我享受一番的X無庸置疑就是綾小路。既然如此不讓我享受到底可就吃虧了呢。你說是吧，石崎。」

「是、是的。」

「對我來講一切都是遊戲。不僅是升上A班而已，就連擊潰一之瀨、擊潰鈴音都全是遊戲的延續。擊潰D班、擊潰B班也都是我享受坂柳這個最後佳餚之前的消遣。」

龍園邊笑邊揪起輕井澤的瀏海。輕井澤的表情痛苦地扭曲。

可是，她的眼神已經沒有恐懼之色。

「呵呵……妳剛才明明就抱著那麼深的絕望，現在簡直就像是感受不到恐懼。爭辯綾小路是不是X真是太愚蠢了呢。她露出了徹底相信綾小路的堅定眼神。甚至如果我抖出了綾小路的真面目，她可能會主動去報告被我欺負。妳放心吧。這下子妳的職責明確地結束了。」

龍園好像已經對輕井澤失去興趣，他放開輕井澤的頭髮後就用力地推了她的肩膀。

「你可是讓我享受了一番呢，綾小路。你不過是D班的瑕疵品，卻數度看破了我的策略並且將計就計。而且做法居然還和我很相似。要我不對你感興趣是沒辦法的吧。於是，我就想著要試著拖出幕後黑手。那變成了我的樂趣。我根本沒在思考今後的事情，只要見到你的時候再想就行了呢。」

他健談且愉悅地訴說自己內心的想法。

「然後，我決定了。」

「……你打算對綾小路做什麼？」

「妳幹嘛這麼急躁，伊吹？」

伊吹與我保持一段距離後，即使面對龍園也毫不畏懼地逼近到他的眼前。

「我是在說，你接下來的行動會聯繫到C班的危機。」

「呵呵，妳故作獨行俠不願和同學合作，如今居然說什麼C班的危機。真是笑死我了。」

「我至今為止會服從你，也是因為覺得你的胡鬧行為對班上有好處，但這件事情超出了那個範疇。很明顯沒有可以對付綾小路的計策了。」

伊吹像要一掃累積的憤恨似的繼續說：

「所以我無法同意你接下來想做的事。」

「妳就知道我想做什麼嗎？」

「從四月開始就一直看著你的話就會明白了。你是想用暴力讓他屈服吧？」

聽著這些話的石崎稍微僵住了身體。

「石崎、小宮、近藤都是。就連阿爾伯特也全是你靠暴力攻下來的。」

「因為要顯示力量的差距的話，那就會是最好的呢。」

「差距已經很明顯了吧。」

「我至今因為綾小路而受到好幾次背叛是事實。我得討回那筆帳。」

「我就說了，你那種想法會讓班級陷入危機！」

啪！附近響起了這種冰冷聲音。

是因為龍園打了伊吹巴掌。

這瞬間，伊吹陷入了沉默。

「我只要自己可以享受就夠了。尤其暴力很好懂。」

就像剛才那樣呢──我彷彿可以聽見這種話。

龍園得到的答案果然就是那裡了嗎？

現在沒準備可以互相欺騙的舞台，也必然只有那種方式。

「聽好了。這次的事情最重要的是想怎麼處理彼此得到的資訊。包含自己的真身與輕井澤的事情在內，綾小路希望這裡的事不被任何人知道。對我來講，我恐嚇輕井澤並潑她冷水也是事實。萬一被報告給學校就會嚐到相當沉重的懲罰。換句話說，只要我們彼此一直把這地方發生過的事情當作祕密，不論發生了什麼都不會洩漏出去。」

考慮到目前為止的發展，那是很簡單就可以推理到的事。

只要把輕井澤的過去與我的真面目當作盾牌，這裡的事情就絕對不會走漏。

「不論發生什麼，彼此都只能忍氣吞聲呢。」

即使如此，各個C班學生都還是非常焦急。

「我有點了解你晚現出真面目的理由了呢。這下我們就確實會變得無法在場外交戰了呢。關門，阿爾伯特。」

阿爾伯特收到龍園的指示，關上了通往屋內的門。

「不過，到頭來那也一樣是一步壞棋。也許你想過可以在此了結，但我才不會讓你這麼做。」

在場所有人都切身感受到接下來會發生什麼事。

龍園的方針應該不會改變了吧。

「我沒退路了嗎？這樣你就可以盡情地進行你希望的發展。」

「我要先讓你那張平靜的臉轉為恐懼。你還真不把我當一回事耶，覺得我不會亂來。」

「你真的打算訴諸暴力啊。」

「戰鬥不是只有腦力戰。對設下堅固陣的軍師順水推舟接著暗殺本人，也是很出色的戰鬥方式。暴力在這世上是最強大的力量。無論做出再多小花招，都不得不在暴力前屈服。」

我在狀況變得對方隨時都可能打過來時，各望向龍園、伊吹、石崎以及阿爾伯特一眼。

「我要把你狼狽的模樣烙入腦中再和你達成協議。因為第三學期我就要開始料理一之瀨了呢。」

「人確實會在暴力前屈服。我也不是不懂這個道理。不過，要貫徹這項理論就會需要永遠都會超越對手的力量。你懂這件事情嗎？」

「啊？」

「光憑在場的四個人是無法阻止我的。」

「……？」

無法理解的伊吹皺了眉。

「呵、呵呵呵……呵呵呵呵呵呵。」

龍園好像覺得相當可笑，而捧腹失笑。

「綾小路是想這麼說啦，憑你們這些人是無法用什麼暴力支配他的。不然你就讓我看看吧，看你有多自信。石崎。」

「這、這樣好嗎？」

石崎不禁對攻擊命令感到猶豫。

如果是須藤那種習慣打架的對手就另當別論，我可是個普通學生。

就算被指示仍會排斥也是情有可原。

「不用客氣，動手。」

「可是……」

「就算把綾小路徹底打趴也完全不用擔心。」

「慢著！」

石崎試圖逼近我，阻止他的是輕井澤的喊叫。

「為什麼要做這種蠢事！打清隆根本就沒好處吧！」

「喂喂喂，別突然參戰嘛，輕井澤。妳已經完成任務了。這傢伙變成犧牲品，妳就沒有過去被抖出來的疑慮了。妳至少也感謝一下。」

龍園就像在說別潑冷水似的再次揪起了輕井澤的頭髮。

「唔！」

接著就這樣把輕井澤甩到後方。

「所以妳給我滾開。」

即使如此輕井澤仍為了我試圖對龍園露出敵意。

她爬起來之後，就想往龍園撲過去。

「別擔心，輕井澤。」

我對這樣的輕井澤搭話，讓她罷手。

「可、可是！」

「妳一點都不用擔心。」

「是啊。你就替自己擔心吧。」

石崎向前。

「你別怪我啊，綾小路。這也是龍園同學的指示。」

「我沒差。」

就連變成這樣也全是我預測好的發展。

石崎只是在隨便揮拳。像是要毆打毫無抵抗的嬰兒。

是那種連國小生或國中生都可以避開的單調動作。

我用右手接住了他大幅度擊出的右拳。

「啊……？」

「石崎，你要動手最好就認真做。」

我只警告了他一次。然而，就算拳頭被我制止，石崎仍是一副沒有進入狀況的樣子。他的動作就算被我阻止也無可奈何。因為他用了就算被我阻止也情有可原的威力。

我靠右手的握力，緊緊握住石崎被我接下的右拳。

「哦？啊，喔，咦……！」

石崎的表情逐漸僵硬，雙膝開始顫抖。

「欸，石崎？」

察覺狀況明顯很奇怪，伊吹回過頭來。

「啊，唔、唔！等、等一下，住手！」

他變得無法撐住身體，垮下膝蓋跪到屋頂冰冷的地上。石崎好像無法忍耐，而用自己的左手拚命抓住我的手臂試圖把我扯下，不過沒有用。

在這情況下最先掌握情勢的不是伊吹，也不是龍園，而是在我身後的阿爾伯特。黑影逼近了過來。

在得到老大的許可前，阿爾伯特就舉起了那隻彷彿電線桿般的粗壯手臂揮了出去。

他刻意從我可以移動的左側攻擊，說不定是顧慮我在石崎逃脫後可以轉為防禦的舉動吧。

話雖如此，這卻是多餘的。雖然我也可以架開他的攻擊，並把身體閃開來，但我刻意抱著受一些損傷的覺悟用左掌正面接下他的拳頭。

啪！大聲響起了低沉聲響。

強烈的威力從手肘穿透到肩頭，使我發麻刺痛。

「……這真的很痛耶……」

雖然透過太陽眼鏡很難理解阿爾伯特的表情，但他應該充分掌握到狀況了吧。

「不會吧……你、你們不是在玩吧，阿爾伯特、石崎？」

對遠遠看著的伊吹來說，阿爾伯特看起來不像是認真打我，石崎看起來也不像是真的覺得很痛嗎？

或者，只是她不願相信這片光景呢？

石崎從我的右手握力中解放後，就蹲下去抱著自己的右手臂。

「動手，阿爾伯特。」

龍園下達指示。

阿爾伯特用那強壯的身體猛衝過來，揮舞他那強而有力的手臂。

在人體構造上，如果一直反覆受到擁有破壞力的攻擊就會累積損傷。

第一次是我故意承受的，但接下來可不能再嚐到攻擊了。

我避開他揮出的左拳，先用正面攻擊法進攻。

我以盯著反擊的形式將拳頭打入了阿爾伯特的腹部。雖然我也可以手下留情，但我不會對實力未知的對手放水。

面無表情的阿爾伯特，表情上產生了一些變化，但也只有一點點而已。

堅硬的觸感回到了我直擊他的拳頭上，從這點來看可以知道傷害很淺。

我了解到他擁有純粹日本人不會有的良好肉體，而且還受到了相當的鍛鍊。

這樣的話要穿透那副鋼鐵的肉體，就只要多費功夫而已。

人類存在著無數個被視為弱點的部位。

例如說，心窩就無法鍛鍊。

當然，因為這樣就深信那是可以一擊斃命的部位就太草率了。

那只是難以鍛鍊而已，習慣或忍耐那份痛楚都有可能。

阿爾伯特好像也本能地察覺到我打算用拳頭灌他心窩，而靈巧地扭開巨大的身體避開我的攻擊。

我預期到這點後，就把手刀前端往他的喉嚨戳。

「~~~~~~！」

阿爾伯特發出不成聲的喊叫。

「綾小路！」

石崎從我身後喊道，上前打了過來。

「……要上就別喊出來嘛……」

我對特地向敵人雪中送炭的石崎感到傻眼，同時踢了他站穩腳步的左膝。

這再怎麼講都太直接了。

我確認繞到我身後的阿爾伯特的下半身已經垮下，就轉身用力踢了他的臉。隨後以左手揍了石崎的臉頰。

石崎攤坐在地上，屋頂被寂靜籠罩著。

龍園、伊吹、輕井澤都只能把這片教人難以置信的光景烙印在腦海裡。

「看來你已經超乎了我們所想。你的態度會那麼強勢也是因為你對自己的本領有自信嗎？我還真是始料未及。」

「也就是說，對綾小路來講我們準備的舞台碰巧很方便？這是怎樣……」

「妳是認真的嗎，伊吹？」

「咦……？」

「龍園是使用暴力支配對方的那類人，這點早在之前就已經是眾所皆知的事情。這種情況下居然可以完成就算施暴也完全不會引起問題的狀況，妳不覺得對C班來說實在太湊巧了嗎？」

「啥？」

在伊吹歪頭的同時，龍園的心裡好像也湧現出了巨大的疑問。

「慢著，綾小路。就算是我也無法理解。這種狀況可是我創造出來的。」

「我都這麼細心說明了，你還看不出狀況嗎？」

我「呼——」地吹出一口氣，然後破了所有的哏。

「我和你會這樣面對面是之前就決定好的。然後，在雙方都無法向學校告狀的狀況中，龍園翔會靠他深信不疑的暴力做了結的事情也是如此。」

龍園至今為止都一直覺得是自己立下計畫，且按照安排順利執行。

但那是天大的錯誤。

「如果我真的打算不被人識破真面目，我打從一開始就不會利用真鍋。如果寄出讓她進行間諜行為所得到的錄音檔，很明顯地你就會開始尋找犯人。你會像個獨裁者那樣找到真鍋她們。所以她們也才會告訴你吧？說自己是因為對輕井澤出手而被抓到弱點，然後無可奈何才服從對方。」

目前為止龍園無可否認。這是當然的。

「你確定了輕井澤和我有關連，於是思考後續要如何執行，為此做些什麼樣的事前準備會具有效果。要石崎或小宮他們尾隨D班學生，以露骨的行動接觸高圓寺，都是為了讓X產生危機

感。不過你的話，或許也可能純粹是在享受，或給我時間思考呢。」

「呵、呵呵。你說的話還真有意思。你是說，你是刻意表現得好像在我的掌控中行動？」

「正確來說，我是表現得被你玩弄在股掌之間，事實上是我操縱你去行動。」

「讓我道個歉吧，綾小路。你果然是個聰明人。我們到剛才為止的優勢都不知去哪兒了，轉眼間就變成大危機。妳要怎麼做，伊吹？」

從頭到尾看著我的龍園，就算我展現了本領也依舊開心地笑著。

「搞什麼嘛……你也是，綾小路也是……！」

伊吹就像在發洩焦躁似的跑起來，並對我踢來一記飛踢。

好像完全不介意被我看見內褲。

不，正確來說，她可能沒有冷靜到會思考那種事。

我往後退，冷靜地迴避她的踢擊。

伊吹大概也重啟了戰鬥模式。

她立刻踏了兩三下地面接著拉近距離，以幾乎沒有破綻的踢擊作為主軸攻過來。動作非常棒。

雖說堀北當時身體不適，不過她還真不愧是擊敗堀北的人。

「嘖！」

我以極限動作迴避所有踢擊，伊吹就暫停了攻擊並且焦躁似的咂嘴。

「真的是你……？」

「妳看到現在還是不相信啊？」

「真火大。雖然搞不清楚怎麼回事，但我覺得很火大！」

面對再次跳起的伊吹，我立刻與她拉近距離。

「唔！」

陪她玩玩也行，但花太久時間可不是個好辦法。

我不給伊吹閃躲或防禦的空檔就抓住了她的脖子，然後直接把她的背往地上摔。睜大雙眼的伊吹立刻失去意識，變得一動也不動。

雖然拿頭部去摔會更加確實，但我並不是來廝殺的。

「暴力不全是龍園他們的專利。」

伊吹、石崎，還有阿爾伯特。

現在可以稱作龍園親信的學生們都倒下了，剩下的就只有一個人。

獨自目睹這片光景的輕井澤好像什麼話都說不出來。

「即使看見這種狀況也依然冷靜，該說真不愧是你嗎？」

「你不只聰明，竟然連暴力都是頂級的，我還真是有眼不識泰山。」

龍園就像在表達坦率的敬意似的拍了拍手，然後走來我的面前。

「你知道我在這個狀況下會說什麼嗎，綾小路？」

「誰知道。」

龍園完全不把這個狀況當作窘境，並且努力地冷靜分析。

他表現得從容不迫，應該不單是在虛張聲勢吧。

這是龍園才有，而且只屬於他的優異特質。

就是因為有那種特質，所以至今才能保持這種堂堂正正的態度。

「決定暴力勝敗的不全然是力氣，也關係著心靈強度。」

龍園稍微蹲低並擊出左拳。

他的目標不是臉，而是腹部。

我跳到後方閃開了那擊。

龍園便追擊似的立刻拉近距離，這次擊出慣用的右拳。

「抱歉，我不打算正面承受攻擊。」

我進一步避開那一拳，這回輪到我出擊了。

我為了捉住龍園的瀏海而伸出右手臂。

龍園對此敏捷地做出反應，用左手架開了我。

——隨後，我的踢擊便正中了龍園的側腹。

「唔！」

我在他因為我的右手臂分神的瞬間立刻攻擊。

龍園為了避開被我接連攻擊，而暫時與我保持一段距離。

「你還真行，龍園。」

他的綜合能力當然遠高於石崎，我坦率地表示佩服。

我明明就打出了算是滿沉重的一擊，他卻沒有倒下。

「真有趣耶。」

他說完就笑了。

不過，我不認為他是可以贏過阿爾伯特的出眾人才。

「你先讓人失望再捲土重來，這還真是教人欲罷不能啊，綾小路。」

他笑得比之前開懷，並做出毫不客氣的攻擊。

這不是學過武術會做出的動作。

而是度過許多修羅場自學而來的戰鬥風格。

我不可能一直完美地避開所有攻擊。

雖然要反擊很容易，但我還是防禦了幾下，把那些攻擊威力都承受下來。

在我接下第四拳時，龍園就對我說：

「你為什麼不出面戰鬥？你的話應該可以堂堂正正地與我較勁吧。」

「我也有各種苦衷。」

「這樣啊。那我就等贏了你，再請你告訴我吧。」

「你認為自己贏得了我？」

「呵呵，你覺得自己不會輸嗎？」

「……不好意思，我根本想像不到自己會輸。」

那是龍園看得見，而我卻看不見的事。

「這裡大概是你會贏吧。不過明天呢？後天又怎麼樣？」

「你是說只要反覆挑戰就遲早會贏？」

「在你上小號的時候？上大號的時候呢？我會從四面八方緊盯著你。」

「你不怕輸嗎？」

「我才沒有恐懼那種東西，我一次也沒感受過。」

「沒有恐懼嗎？」

他說的話還真有意思。

那恐怕就是龍園的自信根源。

「你如果也嚐到痛楚的話就會明白了。普通人的痛楚事後都會轉為恐懼。」

「既然如此，你就教教我你所謂的痛楚吧。」

「如果你希望的話，多少我都教你！」

龍園一把抓住我的雙肩，就往我的腹部高速一踢。

「清隆——！」

輕井澤擔心而喊叫。

不過，這是我想接下才承受的一擊，她無須擔心。

「只要嚐過兩三下就會開始懂了吧！喂！」

龍園就像在瞄準相同部位似的直接踏出左腳。

並在踏步同時與我縮短距離，左手防禦臉部。

隨後迅速揮出右手，在抽回的同時直接擊出右膝。

這是他今天使出渾身力氣打出的最強一擊。

我踉蹌地往後退，體驗到侵襲全身的疼痛。

「怎麼樣，這下子你懂了嗎？」

「……很遺憾，我什麼也不懂。這不過是痛楚在身上傳開而已。」

「你想說你和我一樣都感受不到恐懼嗎？」

「不是的，龍園。不是那樣的。」

我了解因為痛楚而造成的恐懼。

了解成為敗者是多麼悲慘且恐怖的事。

一路以來，我看過無數次眼前的人物逐漸崩壞。

但到了某天，那就變得不再是恐懼了。

我覺得自己漸漸變得冷感。

因為我知道了別人再怎麼痛苦絕望，自己也不會痛。

只要學會保護自己的手段即可。只要自己平安無事就會是贏家。

「我們再多玩一玩吧！」

龍園喊道，再三朝我的腹部集中火力。

我稍微彎下膝蓋後，龍園的踢擊就往我的頭部襲來。

「呿，你都看透啦？」

我不慌不忙地迴避應對那一腳。我絕對不會讓自己受到致命傷。

「你居然在玩啊，綾小路？你不躲閃得掉的攻擊，理由是什麼？」

「我在嘗試是不是真的可以喚起你所說的恐懼。」

「你這混蛋真的完全在小看我。」

儘管感受到力量的差距，龍園仍舊沒表現出失去氣勢的模樣。

如果這是不考慮後果的魯莽就另當別論了，但人對自己的身手、力氣越有自信，在感受到壓倒性差距時就會越是絕望。他卻感覺沒有這樣。

我預計讓龍園從優勢階段開始亂套並推翻一切給他看，他就會折服。在這層意義上我的計算就有一些錯誤了。

當然，我只是錯估了他的上限，這不是什麼大問題。只是會拖長其中一個到他屈服為止所需的程序。龍園相對地就要承受痛楚。

「你是在哪裡學到這種力量的？這可不尋常啊，綾小路……」

這不是累積打架場數就會抵達的領域，唯有這點可以確定。

我沒有應聲，並且步步縮短與龍園之間的距離。

他銳利的眼神中顯然含有想對我報一箭之仇的企圖。

「你擁有如此能力，卻還是偷偷藏了起來呢。鄙視小嘍囉度日的心情如何？有射出來那樣舒服嗎？」

「我根本就沒想過鄙不鄙視。因為別人要成功或失敗，全都是與我沒有直接關連的事情呢。」

龍園好像不喜歡這個回答，而一邊把頭髮往上撥一邊笑了出來。

「那怎麼可能。所謂的人類可是慾望的集合體。」

無欲無求的人類才不存在——他如此強烈地否定我的想法。

當然，我也是擁有好幾個稱為慾望的東西。

不過，那又是另一件事了。

就算繼續玩下去大概也不會有任何改變了。

我重整架勢。

「既然這樣，直到你感到恐懼為止，要幾次我都會扁你！」

已經夠了，龍園。

龍園的目標轉為對我的臉部膝擊，我便把他的左手臂抓住硬扯過來，毫不留情地往他臉上灌了右勾拳。

「嘎——！」

龍園受到足以失去意識的衝擊而飛了出去。

但是只靠一擊無法讓他失去意識。

我將威力徹底壓在讓他失去意識的邊緣。

龍園的腰部摔到水泥地上後，我就跨坐到龍園身上往下左右揮拳。

「你說你不曾感受過恐懼啊，龍園。」

「呼、呼……呵呵，是啊。我感受不到恐懼，一次也沒體驗過。」

就算眼睛腫起且失去一半視野，龍園依然從下方前來反擊。

但他的攻擊有失威力，沒兩下就揮了空。

相對地，我則是從上方回敬他確實且強烈的一擊。

龍園的表情轉為嚴肅。

「嘖，呸……！雖然我對打架很有自信，不過也不是沒有輸過。不，就是因為比別人多挫敗一倍，所以我才會了解……」

他說話困難，嘴裡好像破了皮，於是便往地上吐出嘴裡的血。

我再次將拳頭揮下。

「咳哈！……啊，可惡，說話又變得困難了。」

我反覆左右小幅度地快攻。

不過，即使如此龍園也沒有真正地感到恐懼。

「暴力可以看見人的真正內心，打人和被打的那方都看得見。」

龍園暫且閉上眼睛，並笑了出來。

他在挑釁我，要我盡情扁他。

「呼、呼……想必你應該很開心吧，綾小路。如果有那麼強就可以大牌起來。想做什麼就能

做什麼。所以你就讓我見識一下吧，綾小路……」

龍園睜開雙眼。

面對這樣的龍園，我瞄準了他的臉部反覆揮拳。

他的臉部已經腫脹出血，內出血也開始變得嚴重。

即使如此龍園也不害怕。

他身為人類本應具備的情感——

並沒有發揮作用。

「已經夠了吧，龍園。」

我這麼提議，龍園當然不可能接受。

「呵、呵呵，怎麼啦，綾小路。我還沒認輸喔。試著了結我啊。」

我讓交出自己性命挑釁的龍園再次吃下一拳。

雖然他有因為疼痛而扭曲表情，但那也只是一瞬間而已。

「痛啊、痛啊……不過，也只是這樣而已。」

他看著我的眼神和見面時沒有不同。

他好像對最後將會到來的勝利深信不疑，而不是眼前的敗北。

「就算今天你在這裡贏過我，無論幾次我都會緊咬上去。不論在學校的何處，我只要找到破綻就一定會動手。而最後勝利的就會是我。」

龍園至今都是這樣逆轉情勢並存活下來的吧。無論對手再強也不會一直都是無敵的。這是他一直以來抓緊破綻下手才有的自信。

他藉著暴力灌輸恐懼，支配對方。

那種如果與這傢伙為敵，不知何時會被襲擊受重傷的恐懼。

「品嚐現在一時的愉悅吧！來，勝利就在你眼前了，綾小路！」

龍園即使失去反擊的力氣，直到最後的最後仍不斷地笑著。

「人在面對弱者時，都會很有意思地表露情緒。而恐懼就潛藏在那些情緒的背後呢。」

恐懼就潛藏在那些情緒的背後？

「你想贏嗎？還是不想輸？你有著什麼情緒呢，綾小路？」

想贏？

不想輸？

「你現在支配我之後……是在笑著嗎？是在生氣著嗎？還是因為興奮而高興呢？或者是在焦躁？告訴我啊！」

這傢伙從剛才到現在到底都在說些什麼啊。

很遺憾，我看不見自己的臉、自己的表情。

不過，我也有唯一一件可以確定的事情。

就只有我的心不會因為這種無聊事而動搖。

我不可能表現出情感。

我往龍園的臉上打上自己也忘了到底是第幾下的拳頭。

「唔！」

我不會再停下來了。

往右，往左。我一個勁兒地反覆揮出力道相同的拳擊。

龍園的臉僵了起來。

對，就是這個了，龍園。

你也看得見吧？

看得見自己心裡確實存在恐懼這種情感。

我對龍園灌下比至今為止都還猛烈的一擊。

最後是奪走他意識的一拳。

你也許打算控制我的心，但很不湊巧，我沒有那種可以受人操縱的心。

我慢慢從龍園身上站起。

再這樣放著輕井澤繼續待在這種冷天氣之下讓人不忍。

「抱歉啊，讓妳在相當辛苦的狀態下等了很久。妳沒有受傷吧？」

「這……我沒事。雖然天氣太冷，我有點開始失去知覺……」

我在就這麼坐著從頭看到尾的輕井澤面前伸出手。

那隻來握住我的手凍結般的冰冷。

「妳對我幻滅了嗎？」

「這還用說……你從一開始就背叛了我。」

「是啊。既然這樣妳怎麼沒有向龍園出賣我？」

「……這是為了我自己。只是這樣而已。」

說完，她就倒在我的懷裡顫抖。

「我好害怕……我好害怕呀……！」

「現在妳什麼都不用想。今天被他們做的，以及剛才這裡發生的事情都一樣，妳可以之後再思考這一切。唯一確定的事情，就是今天這個瞬間綁住妳的咒語消失了。從今以後，真鍋……不，已經不會再有人追究妳的過去了。妳接下來只要表現得像至今為止、平時那樣就可以了。」

輕井澤好像連站穩的力氣都沒有，全身倚靠著我。

從輕井澤看來，這幾個月應該真的是持續不斷的災難。

真鍋她們偶然挑起的霸凌，知道自己被盯上後所發生的霸凌。

被龍園重提過去的傷。接著，還知曉了一切都是我害的。

她的精神應該很不穩定且傷痕累累。

「妳熬過了嚴酷的過去才完成了現在的地位。妳只要明天重新開始就可以了。」

不過，如果是輕井澤惠的話，是沒問題的。

在屋頂上與她再次相見時，我就確認了這點。

「是我傷害了妳。我不會叫妳原諒我，但記住一件事吧。就像今天這樣，妳要是發生了什麼，我都會過來救妳。」

「清……隆……」

儘管被擊垮成這樣，輕井澤依舊離不開我這個宿主。

輕井澤達到了如果沒有我這個存在就無法待在這所學校的地步。

今後只要我在，無論發生什麼事，她的心靈都不會碎裂。

假如我在很早的階段就拯救了輕井澤，那她會怎麼樣呢？確實迅速履行約定，肯定會加強輕井澤的依賴。但反過來說，下次她遭到同樣的苦頭並被我見死不救時，很明顯會加深輕井澤的失望。

然而，透過在最初階段就拖到這個地步，便會令她萌生無論怎麼發展都相信我到底的意志。同時，我也可以掌握到輕井澤不是那種會輕易背叛的人。

不過，就算她吐出了我的名字，她也會因此受到「罪惡感」苛責，以後對我的行動當然會很有利。

因為放掉輕井澤這個得到的棋子很浪費呢。

有沒有必要是其次，但先收入手中總是最好的。

「學生會長……雖然現在是前學生會長了，另外還有茶柱老師，都正在稍微下了樓梯的地方待命。他們對狀況應該有一定的掌握，所以包含濕掉的制服在內，他們應該都會好好地替妳處理。」

「我、我知道了……那清隆你呢？」

「我還要善後。再說要是被看見和妳待在一起，各方面都很麻煩。妳先回去會比較好。」

我說完就輕輕推了她的背，讓輕井澤離開屋頂。

「那麼……」

我也不能就這樣丟著屋頂上的四個人就回去。

茶柱老師就姑且不論，要是被其他老師發現就免不了問題了呢。

我從石崎開始依序輕拍臉頰喚醒他們。

然後，最後也去叫了龍園。

「唔……」

「你醒啦。」

「你覺得……這個問題會就這樣結束嗎，綾小路？」

「已經結束了。你應該不可能說現在還要接著打吧？」

不論是怎樣的人來看，這次的勝負很明顯都已經分曉了。

「我會無所不用其極。若是為了贏的話。」

龍園說完，就慢慢撐起了上半身。

「如果有必要的話，我會挑起戰爭。」

「莫非你要去控訴被我打？」

「……呵呵，那樣實在很遜。但如果為了勝利的話，那也是一種選擇。」

不論多麼狼狽，若是為了贏過我的話，他似乎都會考慮。

「不然我就硬說是你設計的好了。」

「我就姑且給你個忠告，我可不建議你這麼做。前學生會長就在樓梯下去那裡等著。就算他不清楚細節，但發生問題行動這件事馬上就會曝光。先動手的人是你，這件事從你塗黑屋頂監視器的時間來看也很可靠。另一方面那個時段我人在櫸樹購物中心。如果我有那個意思，要製造多少不在場證明都可以。」

預先設下幾道保險是理所當然的呢。

「……你明明也可以一開始就讓外人當作目擊證人，但你卻沒有這麼做嗎？」

「因為如果我不先扁你一頓，你大概不會停止攻擊吧。」

「難道你以為我會認同這次的敗北？」

「至少我是這麼想的。你的敗因就只有一個，龍園。你弄錯攻略順序了，那就是一切的原因。如果你和一之瀨一戰並和葛城或坂柳戰鬥累積經驗，至少能在離我近一點的地方與我決鬥。你因為好奇心而做得太過火了呢。」

我毫無隱瞞地這麼說，龍園就露出了苦笑。

「居然講得這麼直截了當……」

「我很想說隨時歡迎你來雪恥……但我今後不打算做出引人注目的事。可以的話就去找別人吧。」

我還以為他會立刻回覆很有他的風格的發言，他不知為何卻陷入沉默並開始沉思。

「如果我深入解讀你和目擊者保持距離的用意，那也表示如果我今後仍固執地盯著你，即使要捨棄自己的真面目與輕井澤的過去，你也打算要把我們逼入絕境嗎？」

「雖然我想盡量避免，不過也只能那麼做了吧。」

「然後不只是我，你也會把在場的石崎或伊吹、阿爾伯特都拖下水嗎？」

雖然我不確定處分的程度，但難免會變成相當沉重的處罰。

「你太相信我的真面目與輕井澤的過去是絕對的，這也是個敗筆。如果你要防患未然的話，就應該把規模擴得更大，或增加多一點把風人員。」

在這間學校的區域中，龍園的做法無論如何難度都會很高。

「換句話說，只要我繼續存在的話，C班就會維持負傷狀態嗎？」

「你只要不對我這邊亂來，我並不打算把這次的事情當作道具來使用。」

「我沒有天真到會相信這種口頭約定。要是你因為C班而被逼入絕境，你就會向校方通知今天的事情，不對嗎？」

「可能吧。」

這的確無法成為絕對的約定呢。

如果處在領袖一直被壓住的狀態，C班就不會正常運作了吧。

「但你要怎麼做？發生過的事實是無法收回的喔，龍園。」

「真囉嗦。我和你的勝負已經結束了，我自己的戰鬥也是。」

龍園環顧伊吹等人後，就拿出手機輸入了些什麼。

接著，他把手機放在屋頂地板上，滑去伊吹的腳邊。

「幹嘛啊……」

默默聽著我和龍園對話的伊吹往他瞪了過來，而且也瞪了我。

「我會負起全責。在那之前，妳就把我的點數全部轉移到妳那裡吧。」

「啥……？龍園，你、在說什麼呀……？你是笨蛋嗎？」

「對、對啊，龍園同學！這裡的事情又不會傳出去，你根本就不用負什麼責任！」

這次的事件雙方都無法公開說出——其中有這種表面上的平等。但龍園發現實際上D班占了壓倒性的優勢，要一筆勾銷只有一種辦法。

「綾小路，這件事是我一個人做的。退學的只有我一個人就可以了吧。」

「你還真是正經耶，居然會對做出的事情負起責任。」

「無聊。」龍園說出這句話，同時把積在嘴裡的血給吐了出來。

「暴君只有在那份權利有意義的期間才會受人允許。輸成這樣就沒人會服從了。」

意思就是說，截至目前的蠻橫態度與行動，全都是因為伴隨著結果才受到允許。

捲入別班的尋找X行動，就是產生了如此多的影響。

他好像領悟到至今採取強硬手段並且敗北的自己沒有那種資格。

好像比我所想的更明白事理。

準備到這種程度、備齊龍園可以使出全力的環境，果然就是正確的答案。

「別開玩笑了，為什麼要託付給我……」

「就是因為妳討厭我，所以我才要交給妳。剩下的個人點數，你們就所有人分一分吧。葛城和坂柳大概會因為我退學而來提出契約無效吧，但那實在也無可奈何。」

如果簽約者本人離開學校，變成那樣的可能性確實很高。

「龍園同學，你是認真的嗎！」

石崎也站了起來，聲音悲傷地如此喊道。

「吵死啦，不用大喊我也聽得見。」

龍園淺淺一笑。

「之後就靠你們來做了。」

龍園大概是認真決心要退學了，他看都不看手機一眼就站了起來。

「那就這樣啦。」

龍園留下這句話，就想離開屋頂。

伊吹和石崎說的話，都沒有傳達到他那身背影。

「這樣好嗎？真的不讀這所學校的話，我覺得你會後悔就是了。」

我叫住了龍園。

「你幹嘛在意這種事情？」

「如果連在這裡輸掉的意義都不知道就從這裡離開，你的成長就會在此結束了。」

「啊？」

「為什麼會輸給我——你就這麼不明白這件事也無所謂嗎？」

「……你在說什麼傻話。說起來幫助我有什麼意義？就算留下知道你和輕井澤內情的我也沒有好處吧。你也不知道我什麼時候會說出去。」

「是啊……要硬找理由的話，就是如果你可以替我擊潰坂柳或一之瀨，D班就算少了我也可以輕鬆應戰。況且，如果能留下你和葛城締結的契約，A班也可以一點一點地受到傷害。最重要的是，你突然退學的話，坂柳或一之瀨就會覺得你是被X打敗的吧。那樣我以後會很麻煩。」

「換句話說，這不過是盤算後的結果。」——我這麼補充。

「就算這次的事情以不預期的形式超乎我們所想，幸好我在會引人注意的部位沒受任何傷。不管任何人來看，都會覺得是內部起糾紛吧？」

「……既然這樣劇本就是——我打算處罰辦事不力的你們，卻被反將了一軍，於是決定退出第一線。就先說成是這樣吧。」

意思就是說，這樣的話也不會給我添麻煩了嗎？

「你……這樣就無所謂了？」

「在場所有人都難看地被綾小路一個人打敗，還管得上什麼面子不面子。再說我一個人消失傷害小多了。」

「就讓我再額外說句話吧。要自主退學是你的自由，要懷疑也是你的自由，但我沒打算把這次的事情對外張揚。對在樓下待命的前學生會長也是一樣。這裡發生的一切我不會說出去，所以事情已經定下來了。換句話說，你沒有任何值得退學的理由。你要在這種情況下退學，我不會阻止你就是了……」

「既然這樣就別阻止我。我是不會輕易相信別人的。」

龍園留下這些話，就從屋頂上消失蹤影。

被留在後頭的石崎就不用說了，伊吹看起來也無法理解龍園的行動。

高度育成高級中學

一年A班班導 總評

時間：12/1　班級點數：

874

暑假為止

班上選出了兩位領袖，因為互相刺激且提昇彼此，我認為是有了一個不負A班之名的開始。他們維持著高水準，也同時不高傲自大地過著每一天。

無人島考試

因為和C班締結了合作關係，他們在無人島考試上成功維持了過去最高紀錄的班級點數。雖然最後以遺憾的結果告終，但我也再次切身感受到A班的潛能有多麼高。

船上考試

在代表班級的坂柳有栖缺席的狀況中認真應考。

體育祭

擅長運動的學生在也有學生不擅長運動的情況下主動統籌了班級。另外，我記得他們與暫有合作關係的D班沒有特別發生問題並進行了競賽。

Paper Shuffle

大致上有全心全意、有效率且順利地考完試。

龍園得到以及失去之物

那晚，我夢見了自己年幼時的事情。

夢到我殺掉一隻蛇的事。

如果我當時在殺掉那隻蛇之前被咬並且體驗到恐懼的話——

我還會做出相同的選擇嗎？

「……真無聊。」

這種想法根本沒有任何意義。

人每天都過著不可能重來，而且僅有一回的人生。

然後，勝敗在那些日子裡會不斷變動，有贏的日子也有輸的日子。

昨天只是偶然有了那種輸掉的日子而已。

我輸掉的次數，總共不下三位數了吧。

就算只限於綾小路來說，我昨天也不是第一次輸了。

但怎麼會不同成這樣呢？

早上八點，我離開宿舍，為了前往教室而往外走。

今天是寒假的第一天，但因為學校有社團活動，所以毫無疑問是開放中。

原則上踏入校園內要穿著制服，但現在已經沒有遵守的必要。

那些玩社團的人的晨練大致上是七點前後開始。因為櫸樹購物中心是十點開始營業，因此這個時間前往學校方向的大概就只有我了吧。

「……哈啾。」

在通往學校的林蔭大道上，一名學生一副很冷似的顫抖著身體。

我無視她並繼續走著路，但她在我走過身旁時，卻來和我搭了話。

「你總算來了。」

我把這句話當作耳邊風走了過去。

「等一下啦。」

她匆匆追過來之後，立刻抓住了我的肩膀。

「啊？妳幹什麼？別隨便碰我。」

「我也不想碰你。你不是硬是把手機塞給我嗎？我只是想還給你。」

紅著鼻子的伊吹說完，就把手機退還回來。

「明明隨便處理就好了。妳是從什麼時候開始等的？」

「誰知道……？」

裝作不記得也就表示算是一段很長的時間吧。

這傢伙為什麼會在這種沒用的地方這麼細心啊。

我不收下手機，想從伊吹身旁走過去，這次則被抓住了手臂。

「你真的要退學嗎？」

「妳不是只是要還我手機而已嗎？」

我簡短應聲後，伊吹就生氣地瞪了過來。

「你在剛入學時，和石崎跟阿爾伯特起糾紛時曾經說過吧？說不管輸了幾次，最後贏的傢伙才是最強的。事實上你對阿爾伯特他們也是這一套。」

「那又怎麼樣？」

「就因為輸給綾小路一次，你就要這樣結束？」

「我因為判斷錯誤而被封住之後的招數。再說，這已經都無所謂了。」

「那算什麼啊，超遜的。」

已經無所謂了。

在能讓我這麼想的意義上來講，他真的是個不得了的傢伙。

「或許吧。」

因此我面對伊吹的詢問才會這樣若無其事地回答。

「或許個頭。」

伊吹抓著我的手臂不放。

「妳之前不是希望我罷手嗎？既然這樣應該正好吧？」

「因為你說要把我們帶上A班，所以我才會協助你。但你卻是這副德行？」

我認為自己平時有適度讓他們紓壓，但伊吹這傢伙馬上又累積了壓力。

她好像還說不夠，沒有要停下來的樣子。

「你截至目前的蠻橫態度與行動，我全部都睜一隻眼閉一隻眼了。我們的最終目標相同，所以我才會一直忍耐跟隨你。上次C班受到懲罰時，你也沒有對我們做任何詳細說明。即使如此周圍也沒有流露不滿，就是因為相信著我們最後可以升上A班。然而你卻要在這裡退學？真是遜爆了。」

她喘了口氣，接著再補上一句話

「怎麼會有這樣可悲的事啊？」

「不要一直做出妳自己覺得方便的解釋，伊吹。」

我暫時停下腳步。

因為全身都很痛，所以我可不希望她讓我做出多餘的事。

「我確實和你們這些小嘍囉說過只要跟著我，我就會輕鬆地把你們拉上A班。我只是以暴力支配並灌輸恐懼，同時給予甜頭罷了。你也知道和A班交換的契約吧。我完全不打算把那些歸還給你們。」

「你的意思就是說，你打算自己升上A班？」

「我是打算在最後那麼做的。我怎麼可能認真照顧同學呢？」

如果我這麼說，伊吹也只能接受了。

「夠了吧。那就這樣了。」

「八億點。」

「……啊？」

「昨天你把手機交給我之後，我真的一時間很煩惱該不該轉移點數。然後，我想說反正都到手了，所以就看了手機裡的各種內容。」

她打開我的手機後，就把畫面對著我。

那是我之前定下的三年期間的作戰，以及點數的推移。

「如果你只是要自己獲勝的話，那只要兩千萬點就可以了。然而你為什麼要定下這種計畫？八億是C班所有人去A班所需的點數吧。唉，雖然我覺得那筆金額實在是存不到。」

「別作夢了。那只是寫好玩的筆記。」

我從伊吹手上強行奪回手機。

「今後應該是由日和和金田來統率吧。綾小路也有可能不得不採取動作了。」

「我不是在說這種事。」

伊吹這傢伙，她居然完全沒有動我的個人點數。

這完全是一筆死錢。

真麻煩。

「妳從剛才到現在是想讓我說出什麼？」

「如果你說要退學的話，就來跟我一決勝負。」

她居然又突然提議異想天開的事情。

雖然笨蛋很容易利用，但有時就會像這樣莫名其妙地失控。

「昨天被打的傷加上天氣很冷，妳的身體根本也沒辦法好好移動吧。」

我馬上就知道她抓住我袖子的那隻手臂沒什麼力氣。

我強行邁步而出，把她那隻抓著我袖子的手拂去，但下一個瞬間就被她打飛了出去。

身體摔到了石磚路上。

「……很痛耶。沒辦法好好做出落地姿勢。」

綾小路那個混帳居然徹底破壞了我的身體。

「啊——……這樣我就爽快多了。要退學就趕緊去退學吧。」

伊吹往宿舍走去。

她到底在這裡等了幾個小時呢？

1

「坂上，我有話要說。我昨天也已經把事情告訴你了吧。」

獨自來到學校的我拜訪了班導。

因為我事先從宿舍的有線電話指定了這個時間。

刻意隔了一天，是因為騷動隨後就退學會留下種種麻煩。

考慮到我對監視器動手腳，這很容易成為問題。

如果前學生會長知道這種情況，那又更是如此了。

我的目的就是要甩開那種麻煩。

「我知道。我想避免在這裡站著說。請你陪我到輔導室吧。」

「嗯。」

「但在此之前我有一個問題。」

「你說問題？」

「你過來一下。」

說完，坂上就往職員辦公室裡出聲，叫出了學生。

不久兩人就現出了身影。

「龍園同學……」

「啊？」

是石崎外加阿爾伯特。

為什麼繼伊吹那個笨蛋之後，就連這兩個人都在這裡？

「他們從早上就一直等了，問說你有沒有來訪。就算我叫他們直接聯絡你也講不聽，我可是正在傷腦筋。請你先想辦法處理這兩個人吧。」

「你們在幹嘛？趕快給我消失，小心我殺了你們。」

「我們——」

我瞪了一眼來支開打算多嘴的石崎等人。

「唔……」

聽見我這番恐嚇的坂上手摸著眼鏡說道：

「昨天監視器壞掉的事情，也和石崎他們有關連嗎？」

「那是我個人幹出的事情。趕快走吧。」

這裡的不謹慎接觸只會變成是他們在自掘墳墓。

我揮了揮手無視坂上，然後往輔導室走去。

坂上雖然很懷疑石崎他們，但還是催促他們回去並跟上了我。

「接到你的電話說明，我認為自己已經理解了狀況，但我們還是逐一解決問題吧，龍園。首先，你承認用噴漆汙損監視器的事情是自己做的，對吧？」

「嗯，那件事是我自己做的。」

「還有另一件事。你承認和石崎、阿爾伯特、伊吹起糾紛的事實嗎？」

「我承認。一切都是我的責任，是我單方面想毆打他們。雖然結果卻是我被反打一頓。」

沒必要把那些傢伙捲進這場敗仗。

「如果你理解的話，事情就快了。」

「請等一下，龍園同學！我們也不是不相關──」

面對不回去並追過來的石崎，我正面踹了他一腳。

事到如今就算再次施一兩次暴，對要退學的人來講都是無所謂的事情。

「你在做什麼，龍園！」

「你是想讓我講幾遍？昨天只是被我揍，你還嫌不夠啊？」

我從痛苦蹲下的石崎身上移開視線。

「也把剛才的加入我的處分裡吧。」

「……不管你有怎樣的內情，假如你下次再引起問題，就不是只有你受罰可以了事了。」

「囉嗦。反正這下子就結束了。」

走入輔導室裡的我立刻進入正題。

「快吧，坂上。進入退學的處理。」

「看來你好像誤會了，所以我要先做訂正。」

坂上慢慢說起話。

「我在你的發言中確認到了矛盾。」

「啊？等一下，你說矛盾？」

「就我這邊掌握到的資訊，你好像和D班之間有了問題吧？」

想不到綾小路在最後關頭採取了行動。

如果他無視我的提議，把包含輕井澤的事在內全向學校報告，那不只是我，就連伊吹或石崎都會受到相當沉重的懲罰。

應該不會只是失去個人點數就有辦法解決。

「是他們對我們提起控訴嗎？」

「控訴？就我這邊聽見的，我是聽說破壞監視器的不光是你，還有一名D班的學生。」

「你說什麼……？」

我一時間無法理解這些話的意思，感到很混亂。

「我們已經請D班支付個人點數當作修繕費用。我想要確認的部分，是過失的比例是不是算成均等就可以了。」

「開什麼玩笑……」

如果你以為做出這種事我就不會退學，那就大錯特錯了，綾小路。

「我要退學。」

「……就算這件事沒有任何問題嗎？」

坂上也不是笨蛋。

昨天屋頂上發生了麻煩事——他應該也從狀況中推測到了這點事情。

「對。我已經找不到留在這所學校的意義了。」

學校不能不尊重學生的個人主張。

「這樣啊。如果你的意志很堅定，這也不是我可以阻止的事情呢。」

坂上說完，就從抽屜裡拿出了一張紙。

「請在這裡寫上名字、學號、退學理由。」

「等我一下。」

我拿起筆之後，坂上又取出了另外兩張紙。

「等你的退學處理完成之後，把這兩張也交給石崎和山田吧。」

「……你說什麼？這和那些傢伙無關吧。」

「確實無關。不過，那兩個人不希望你這麼做。他們說如果你選擇退學時自己也不讀了，完全不聽勸。」

綾小路那個傢伙……他對那些笨蛋們做出不必要的指點了吧？

居然透過讓石崎和阿爾伯特作為人質，來阻止我的退學。

如果我在此選擇退學就會與他們同歸於盡，並且失去退學的意義。這是本末倒置。

「可惡……」

「就我的立場來講，班上出現學生退學也很可惜。我是這麼想的。」

坂上把視線落在我手邊的退學申請表。

「如果是現在的話，事情可以落幕在只是器具損壞。這應該是唯一的機會了吧。」

「留下我會有什麼好處呢。」

我沒打算再和坂柳他們起糾紛了，這點事情他應該了解才對。

「我不退學了。」

我還回紙和筆，接著離席。

2

不久，一年級生之間便傳起了奇怪的謠言。

說龍園翔放棄了擔任C班領袖。

他不會帶著石崎他們到處走，也變得不和任何人說話。

簡直就像在看著剛入學時的我。

龍園重複著一個人的孤獨時光。

他今後有天會找尋到什麼東西嗎？

我並不知道。

但我確定的……就是那傢伙和我很相似。

以及，他仍有利用價值。

後記

五個月不見了，我是衣笠彰梧。

夏天有播映動畫，大家看得還開心嗎？（註：此指二〇一七年七月播映的動畫）

身為一名觀眾，我因為在動畫上才有辦法呈現的《歡實》世界觀而深受感動。

自己的故事以影像播出，實在令我非常感慨。

順帶一提，這是我的近況。我做手術拿掉了盤踞在我背後長達十年（直徑約七公分）的粉瘤。從我背後被使勁拉出的那種感觸……拜此所賜，我大約一個星期都無法靠在椅背上所以相當辛苦，不過背後也恢復了一片潔淨。

關於這次第七集的發售時間比以往都還晚的原委，是因為考量到動畫播映的時期與內容，也因為小說故事是和龍園他們C班的正面對決，我便有了「等全部都播完再出版應該會比較好」的判斷，所以才會變成在這個月販售。

這幾個月好像多了不少人知道《歡迎來到實力至上主義的教室》這部作品，我實在非常感

激。

當然，我對於動畫化前就在閱讀的讀者則抱著更甚於此的感謝。因為各位的支持，我才能像這樣繼續出版。實在非常感謝。

這次第七集的形式算是和龍園定出了勝負，但C班的戲份並不會就此結束，還會有像是新興起的人物，或是下了檯面的龍園的行動之類的。然後，因為第三學期開始是個新的階段，所以不單是學生會，二年級生跟三年級生都將前來接觸，我想A班或B班之間的戰鬥將會漸漸展開。

雖然無法立刻呈現出所有事，但近期我會著手一之瀨的故事跟坂柳的故事。平田或葛城之類的（成員太多了，這裡寫不完）戲份也會逐漸增加。至於他們會成為敵人或是夥伴，還請各位注意這個部分。

那麼，因為騰出了時間，因此我也進行了下一集的製作。所以說，下回就是寒假的故事——七點五短篇集。我將為各位獻上以聖誕節發生的事情為主軸的故事。寒假的主要故事，將會以下次封面上的女孩子，以及在她身邊掀起的戀愛故事作為中心。

附帶一提，雖然「短篇集」這個表達方式並沒有錯，但目前為止和從今以後像是四點五或七點五這種集數，基本上全都會是「春假」、「暑假」、「寒假」這種長假故事，所以與原作仍相當有關連。還請各位留意這一點。下回也請各位讀者多多支持。

Kadokawa Light Novels

與佐伯同學同住一個屋簷下 I'll have Sherbet 1～2 待續

作者：九曜　插畫：フライ

冷靜同居人弓月同學將被佐伯同學攻陷!?
同居＆校園戀愛喜劇第二幕即將開演！

黃金週結束了，幸運的是，我——弓月恭嗣，與佐伯同學的分租生活，還沒被太多人發現。但佐伯同學即使在學校也是拚命與我拉近距離，還有雀同學緊盯著我的動向……不僅如此，就連寶龍同學最近不知怎地也開始故意招惹起佐伯同學——

各 NT$240~270/HK$75~80

台灣角川

Kadokawa Light Novels

獻上我的青春，撥開妳的瀏海 1 待續

作者：凪木エコ　插畫：すし*

要協助超級自卑的美少女消弭障礙，方法居然是讓她露臉當直播主!?

桃山太郎的青梅竹馬莎琉是異色瞳的金髮混血美少女，但是她有個致命的缺點——嚴重的社交恐懼!!為了幫助不敢掀開瀏海露出眼睛的莎琉，太郎想出了劃時代的方法：「讓她開直播，變身美少女直播主建立自信」！放閃系青春戀愛喜劇，開幕!!

NT$220/HK$68

台灣角川

我喜歡的妹妹不是妹妹 1~2 待續

作者：惠比須清司　插畫：ぎん太郎

寫出妹系輕小說的作者肯定是喜歡妹妹？
解救擔任代理人以來最大危機的作戰發動！

代替妹妹出道當輕小說家的我，永見佑，馬上就遇到最大的危機——輕小說作家冰室舞質疑：「你真的是永遠野誓嗎？」涼花檢討我到一半，轉而開心地說：「這不反倒是個機會嗎……？」接著提出的解決方法竟是「哥哥請跟我如膠似漆地曬恩愛」!?

各 **NT$220/HK$68**

國家圖書館出版品預行編目資料

歡迎來到實力至上主義的教室 / 衣笠彰梧作 ; Arieru譯. -- 初版. -- 臺北市 : 臺灣角川, 2018.08-

冊； 公分

譯自 : ようこそ実力至上主義の教室へ

ISBN 978-957-564-353-9(第7冊 : 平裝)

861.57 107009575

Kadokawa
Fantastic
Novels

歡迎來到實力至上主義的教室 7

（原著名：ようこそ実力至上主義の教室へ 7）

2018年8月16日　初版第1刷發行
2022年10月25日　初版第11刷發行

作　者：衣笠彰梧
插　畫：トモセシュンサク
譯　者：Arieru

發行人：岩崎剛人
總編輯：蔡佩芬
編　輯：黃怡珮
美術設計：宋芳茹
印　務：李明修（主任）、張加恩（主任）、張凱棋

發行所：台灣角川股份有限公司
地　址：104台北市中山區松江路223號3樓
電　話：（02）2515-3000
傳　真：（02）2515-0033
網　址：www.kadokawa.com.tw
劃撥帳戶：台灣角川股份有限公司
劃撥帳號：19487412
法律顧問：有澤法律事務所
製　版：巨茂科技印刷有限公司
ISBN：978-957-564-353-9